जिंदगी.....

न मिलेगी दोबारा

शिखर चंद जैन

रोहिणी, दिल्ली –110089

पहला संस्करण : 2020

ISBN : 978-93-89984-16-3

प्रकाशक
प्रखर गूँज प्रकाशन
एच – 3/2, सेक्टर – 18 ,
रोहिणी, दिल्ली –110089
011-27851059, 7982710571, 7838505899

मूल्य : रू 250/–

शब्द संयोजन एवं आवरण : दुर्गा प्रसाद

Jindagee Na Milegee Dobara
by
Shikhar Chand Jain

Published by
PRAKHAR GOONJ PRAKASHAN
H-3/2, Sector-18, Rohini
Delhi – 110089
Email : prakhargoonj@gmail.com
sinha.neelu123@gmail.com
011-27851059, 7982710571, 7838505899

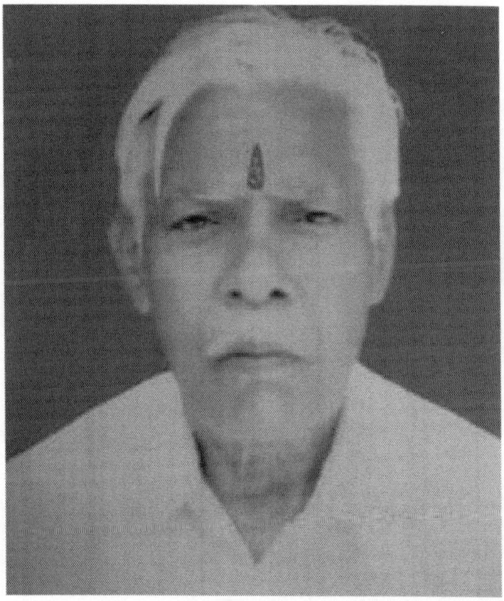

समर्पण

मेरे पूज्य पिताजी स्वर्गीय श्री मन्नालाल जैन जी को समर्पित, जिन्होंने मेरे भीतर के लेखक को पहचाना और उसे पनपने के लिये माकूल माहौल दिया।

कौन है शिखर चंद जैन जी ?

शिखर चंद जैन जी बीते 30 वर्षों से राष्ट्रीय हिंदी दैनिक व पत्रिकाओं में व्यक्तित्व विकास व मोटिवेशनल आर्टिकल्स के नियमित लेखक हैं। इसके अतिरिक्त उन्होंने पुस्तक समीक्षा स्तम्भ का लेखन भी किया है। कई हिंदी दैनिकों के लिए एक दशक तक साप्ताहिक राजस्थानी हास्य व्यंग्य कॉलम का लेखन भी किया।

गृहशोभा, सरिता, मुक्ता, सुमन सौरभ, गृहलक्ष्मी, मेरी सहेली, नारी शोभा, नई दुनिया, हरिभूमि, समाज्ञा, दैनिक भास्कर, राजस्थान पत्रिका, राष्ट्रीय सहारा, जनसत्ता, हिंदुस्तान, अमर उजाला(रूपायन)सन्मार्ग, जनसंदेश, बालहंस, लोटपोट, पराग सहित कई राष्ट्रीय व स्थानीय पत्र–पत्रिकाओं के विभिन्न स्तंभों व समसामयिक विषयों एवं मुद्दों पर नियमित लेखन सहित बालकथा, कविता, लघुकथा एवं फीचर भी किया।

लेखक की कलम से

प्रिय पाठकों!

सादर वंदे!

जिंदगी ईश्वर का दिया हुआ बहुत कीमती उपहार है। हाल ही में कोरोनावायरस के कहर के दौरान मौत को अपने सिर पर मंडराते देख आपको इसकी कीमत का एहसास हुआ होगा। लेकिन बहुत कम लोग ईश्वर के इस उपहार का सही उपयोग कर पाते हैं। कड़वा सच तो यह है कि हम में से ज्यादातर लोग अपनी जिंदगी को जी नहीं रहे बल्कि बिता रहे हैं। बहुत कम लोग इसे सही मायने में जीते हैं। जरा सोचिए कि आपको अपने मोहल्ले, जिले, राज्य, देश या विश्व के कितने लोगों के नाम याद हैं या आप उन्हें जानते हैं या आपने कभी उनका नाम पढ़ा या सुना है? मुट्ठी भर लोगों का! क्योंकि इतने से ही लोग हैं, जिन्होंने जिंदगी में कुछ ऐसा किया जिससे उन्हें भीड़ से अलग पहचान मिली।

इतनी सी पहचान तो बनाएँ–

मैं यह नहीं कहता कि हम सब को अंतरराष्ट्रीय या राष्ट्रीय स्तर पर ही अपनी पहचान बनानी चाहिए तभी जिंदगी को सही मायने में जीना माना जाएगा। लेकिन आपकी पर्सनैलिटी कम से कम ऐसी जरूर हो कि आपकी बिल्डिंग, सोसाइटी, मोहल्ल, जिले या राज्य के लोग तो जानें। कई बार तो बड़ा आश्चर्य होता है जब एक बिल्डिंग की छोड़िए एक ही फ्लोर पर रहने वाले किसी व्यक्ति को उसके ही फ्लोर के फ्लैट में रहने वाले लोग नहीं जानते। वजह यही कि उस व्यक्ति ने न तो कभी सोसाइटी के लिए कुछ अच्छा काम किया ना कभी वहां रहने वाले लोगों के साथ सलाम नमस्ते की।

ऐसी भी क्या जिंदगी–

दोस्तों यह जिंदगी दोबारा मिलने वाली नहीं है। इसलिए इसे एक बार में ही इस तरह से जिएँ कि आपको सफलता, सुकून और लोकप्रियता मिले। वैसे भी जिंदगी कच्ची पेंसिल की तरह है जो रोज छोटी होती चली जा रही है। तो क्यों ना रोज कम से कम एक अच्छा काम किया जाए, किसी एक व्यक्ति की मदद करके उसकी दुआएँ ली जाएं या खुद को परिष्कृत अथवा सफल करने के लिए कोई प्रण लें !

पुस्तक कैसे उपयोगी–

विभिन्न अखबारों में प्रकाशित अपने कोई 400 लेखों में से मैंने इस पुस्तक के लिए चुने 31 अध्यायों में कुछ ऐसा ही कहने की कोशिश की है, जिसे पढ़ कर आपको एक नई ऊर्जा मिलेगी। इन्हें पढ़कर उपदेश नहीं बल्कि किसी मित्र से स्नेहपूर्ण व प्रेरक संवाद का अहसास होगा। मैंने विपत्ति में धैर्य न खोने की बात भी कही है, जो आसान तो नहीं, लेकिन असंभव भी नहीं। सुकून, सफलता और जीवन की सार्थकता के लिए लोगों का दिल जीतना भी जरूरी है, जिसके व्यावहारिक उपायों का सुझाव भी दिया है। पुस्तक में संकलित सारे लेख सन्मार्ग, हरिभूमि, नई दुनिया, राजस्थान पत्रिका, प्रखरगूंज साहित्य नामा सहित कई लोकप्रिय पत्र–पत्रिकाओं में प्रकाशित हुए हैं।

भाषा बातचीत वाली–

लेखों की भाषा अखबारों में प्रकाशित होने वाली सामान्य बोलचाल की भाषा है, जो युवा वर्ग परस्पर बातचीत के दौरान इस्तेमाल करता है। मेरा मानना है कि अगर आपको किसी के साथ संवाद करना है या उसके दिलो–दिमाग तक बात पहुँचानी है तो भाषा का पांडित्य नहीं विचारों की गहराई जरूरी है। साथ ही विषय वस्तु का उपयोगी और व्यक्तित्व विकास में सहायक होना जरूरी है। बहुत अच्छी बात, बहुत कठिन भाषा में कही जाए तो वह पोथी तक ही सीमित रह जाती है ऐसा मेरा मानना है।

प्रकाशन की प्रेरणा–

इस पुस्तक के प्रकाशन का पूरा श्रेय प्रखरगूँज की संपादक और मालिक आदरणीय नीलू सिन्हा जी को जाता है, जिन्होंने यह प्रस्ताव देकर मुझे सुखद आश्चर्य में डाल दिया। आज मैं जो कुछ हूँ

वह मेरे पूज्य स्वर्गवासी पिता मन्नालाल जैन जी की वजह से हूँ। बचपन में बाल पत्रिकाएँ और कौमिक्स ही नहीं रविवार, धर्मयुग, हिंदुस्तान, ब्लिट्ज, पांचजन्य जैसी पत्रिकाएँ और हिंदी अंग्रेजी दैनिक भी वे मेरे लिये मुहैय्या करवाते थे। इससे पठन पाठन का माहौल मिला। लेखन के लिए भी उन्होंने सदैव प्रेरित और प्रोत्साहित किया, यद्यपि लेखन और साहित्य से उनका दूर दूर तक कोई रिश्ता नहीं था। संभवतः मेरे अंदर लेखन की संभावना को उन्होंने पहचान लिया था। मेरे कई मित्रों ने भी मुझे कई बार पुस्तक प्रकाशन की प्रेरणा दी है, जिनमें संपादक, कवि, लेखक भाई राजकुमार जैन राजन जी, सुप्रसिद्ध व्यंग्यकार बहन अर्चना चतुर्वेदी, हजारों कवि सम्मेलनों के संचालक व टीवी सीरियल्स के लेखक हास्य व्यंग के जाने–माने हस्ताक्षर सुभाष काबरा सर, व्यंग्य सम्राट सुभाष चंद्र आदि प्रमुख है। कई नाम अभी याद नहीं आ रहे हैं लेकिन मैं अपनी लेखिका पत्नी अंजू जैन और बेटियों नेहा व विनीता के नाम नहीं भूल सकता जो भले ही चिकोटी काटते रहती हों लेकिन मुझे सदैव प्रेरणा देती रहती हैं।

यह मेरी पहली पुस्तक है इसलिए बहुत सारी त्रुटियां होंगी। किसी भी त्रुटि की ओर मेरा ध्यान अवश्य दिलाएं और सुधार करते हुए क्षमा करें।

स्नेहाधीन

शिखर चंद जैन

67/49 स्ट्रांड रोड, थर्ड फ्लोर,

कोलकाता–700007 (प.बंगाल)

(मो. 9836067535)

मेल : jainshikhar6@gmail.com

जब जागे तभी सवेरा

अनुज शिखरचंद जैन की एक कमाई मेरे इस प्रिय को औरों से अलग खड़ा कर देती है। शिखर न केवल खुद एक अच्छे लेखक हैं बल्कि बहुत सारे लेखकों का साहित्य, बहुत सारे लोगों तक पहुँचाने की उनकी जिद और लगन ने उनके साहित्य कोश को खासा समृद्ध भी किया है। क्योंकि किसी को छापने से पहले उसे पढ़ना अनिवार्यता है। जानता हूँ कि इससे इतर भी शिखर का पाठक पक्ष बहुत शानदार है। निरंतर पढ़ते रहना कलम से अन्याय नहीं होने देता और ईमानदार बने रहने में मदद करता है। 'जिंदगी न मिलेगी दोबारा' की सामग्री से गुजरा तब मैंने भी नहीं सोचा था कि पृष्ठों में धैर्य, प्लानिंग, आलोचना, आत्मबल, प्यार, ईर्ष्या, रिश्ते, परीक्षा, संबंध, जरुरतें, मितव्ययिता, मेहनत, ईश्वर, शुक्रिया, कोचिंग, इच्छाशक्ति, मनोचिकित्सा, आदत, लक्ष्य, आकलन, पूर्वानुमान, मित्रता, जीवनशैली, प्रेरणा, निर्णय, बचपना, खुशी और दुख के धागे, दोष और दोषारोपण, व्यवहार, हीन भावना और अहम, अंतर में छिपा विजेता, संतुलन, जिद, आक्रामकता, कार्यक्षमता और बुरे–अच्छे वक्त जैसे बिंदु होंगे। ये तो गागर में सागर भरने का भगीरथ प्रयास हो गया। शिखर की भाषा सरल और समझने वाली है जो इस पुस्तक को पठनीय बनाती है। विषय हम सबके काम का और हम सबको एक बेहतर इंसान बनाने में मदद करने वाला है। सवाल ये है कि ये सारे बिंदु तो हम सब जानते हैं फिर इन पर किताब क्यों? जवाब यह है कि जीवन के अलग अलग पड़ावों पर हम इन बिंदुओं की परिधि में आते हैं। कभी इनका समग्र आकलन नहीं कर पाते और चोट खा

जाते हैं। तो ये पुस्तक हमें सचेत और सावधान भी करती है और संभलकर आगे बढ़ने की राह भी दिखाती है। बहुत सी बातें भोगे हुए कड़वे–मीठे सच का आइना हैं तो बहुत सी विचारशीलता और कल्पनाशीलता की देन हैं जो एक लेखक का अधिकार भी है। जरूरत शायद इस किताब को स्वस्थ मन से, सरल भाव से पढ़ने और इससे लाभान्वित होने की है क्योंकि आलोचकों की कैंचियां तो इस पर भी चलेंगी ही, चीर–फाड़ भी होगी क्योंकि शिखर एक चर्चित व्यक्तित्व है, इसे ज्यादा सजा मिलेगी। हम तो बस समझदारी से इस चीरफाड़ के बीच अपने व्यक्तित्व की चादर संवारते रहें। यही आप सभी पाठकों को और अपने आप को शुभकामनाएं।

लिखते रहो शिखर, तुम्हारी लेखनी सुख देती है। हाँ, किताब बहुत पहले आनी चाहिए थी, जो अब आई। लेकिन कोई बात नहीं, जब जागे तभी सवेरा।

सुभाष काबरा

सुप्रसिद्ध हास्य– व्यंग्य कवि,

लेखक, मंच संचालक व टी वी कार्यक्रम लेखक,

ऑडियो कैसेट, स्तंभ लेखक

मुंबई

मोटिवेशनल लेखन पर एक जरूरी किताब

शिखर चंद जैन हिंदी के उन बिरले लेखकों में से हैं जिन्होंने कलम को अपने जीवन यापन का साधन बनाया है। उन्हें सही मायने में कलमजीवी लेखक कहा जा सकता है। ऐसे समय में जब पत्रिकाएं और समाचारपत्र लगातार बंद हो रहे हों, वेब पत्रकारिता के कारण आय के साधन लगातार सिकुड़ते जा रहे हों, ऐसे विपरीत हालात में भी लेखन के बल पर जिंदगी की जंग में डटे रहना बहुत कठिन किस्म का बल्कि यूं कहिए कि काफी दुस्साहसी किस्म का कार्य है। वे लोग, जो पेशेवर लेखन यानी प्रोफेशनल राइटिंग कर चुके हैं, जानते हैं कि यह डगर कितनी मुश्किल है और इस पर चलने के लिए कैसे–कैसे पापड़ नहीं बेलने पड़ते। मसलन आपको अपने आंख, नाक, कान हमेशा खुले रखने पड़ते हैं। आपको हर तीसरे विषय पर, घटना पर, पर्व पर दृश्टि रखनी पड़ती है जिसके लिए अखबार या पत्रिका में जगह बन सकती है। उससे लगातार खुद को अपडेट करते रहना पड़ता है। और सिर्फ अपडेशन से ही काम नहीं चलता, आपको दुनिया भर के अलग–अलग विषयों पर हर बार अलग भाषा, अलग शैली और प्रस्तुतीकरण के नए उपकरणों के साथ आगे बढ़ना होता है। ऐसे में कई बार चीजें तात्कालिक महत्व की होती हैं जिनका जीवन अखबार या पत्रिका की आवश्यकता के अनुसार बहुत कम होता है या यूं कहिए क्षणभंगुर होता है। कुछ ऐसी होती हैं जो एक विशेष समय के बाद

बासी प्रतीत होने लगती हैं। बहुत कम रचनाएं ऐसी होती है जिनका प्रभाव दीर्घकालिक होता है और उन पर अप्रासंगिक होने का ठप्पा भी नहीं लगाया जा सकता। यही रचनाएं होती हैं जो एक लेखक को प्रेरित करती हैं कि वह उन्हें एकत्रित करके, उनमें अपेक्षित संपादन करके, उन्हें एक किताब की शक्ल दे दे। मोटिवेशनल लेखन इसी श्रेणी में आता है। इस श्रेणी की कृतियों को पाठक हमेशा मिले हैं। स्वेट मार्डन, शिव खेड़ा आदि लेखकों की कृतियों की रिकॉर्डतोड़ बिक्री इस बात का प्रमाण है। इन यशस्वी लेखकों की सूची में एक और नाम जुड़ने जा रहा है जो पूरी तैयारी और समर्पण के साथ इस मैदान में उतरा है। और वह नाम है प्रसिद्ध लेखक शिखर चंद जैन का।

सामान्य तौर पर मोटिवेशनल लेखक की सफलता इस बात से नापी जाती है कि वह विचारोत्तेजक सामग्री परोसने के साथ गहराई में जाकर समस्याओं का विश्लेषण करेगा और उनके समाधान सुझाते समय ऐसी भाषा शैली में पाठकों से संवाद करेगा जो दुरुहता से सुरक्षित दूरी बनाकर रहे, भाषाई आडंबर और पांडित्य प्रदर्शन से खुद को बचाकर चले और जो सरल सहज शैली में पाठक तक अपनी पहुंच बना ले। शिखर चंद जैन की यह कृति इस कसौटी पर पूरी तरह खरी उतरती है। इसमें लेखक मानव स्वभाव के गहरे अध्ययन के आधार पर समकालीन परिप्रेक्ष्य में व्यक्ति के तनावों, अवसाद, एकाकीपन, हीनभावना आदि की जटिलताओं को पहले स्वयं समझने की कोशिश करता है और फिर सरल– सहज, सर्वग्राहय भाषा में उनके समाधान प्रस्तुत करने की ईमानदार और गंभीर कोशिश करता है। इस कोशिश में उसका भरसक प्रयास रहता है कि वह भाषाई स्तर पर न तो स्वयं को विद्वान साबित करने की कोशिश करे और न ही निर्णायक की मुद्रा की में आकर पाठकों पर अपने विचार आरोपित करने के प्रयास करे। इसके स्थान पर वह मित्रवत रूप में ऐसे सुझाव देता है जो सामान्य रूप से नकारात्मकता की समस्या से ग्रस्त व्यक्ति को सकारात्मकता के रास्ते की ओर ले जाने की चेश्ठा करते हैं। वह सामान्य रूप से तनाव, अवसाद, आदि के रोगियों को ही मानसिक चिकित्सा देने का प्रयास नहीं करता अपितु उन लोगों के लिए भी सामग्री उपलब्ध कराता है जो स्वयं को बेहतर बनाने की प्रक्रिया में सदैव प्रयत्नशील रहते हैं। ऐसे

मामलों में लेखक स्वयं पर ही भरोसा करके शांत नहीं बैठ जाता अपितु वह देश विदेश के प्रसिद्ध मनोवैज्ञानिकों विद्वानों के उदाहरणों की कसौटी पर भी उन समस्याओं को कसना चाहता है और उन में से रास्ता खोजने की कोशिष भी करता है। इस इस पूरे प्रकरण में उसकी कोशिष यह रहती है कि उसकी बात बेहतर ढंग से स्पष्ट होकर पाठक तक पहुंचे। मुझे यह कहने में कतई संकोच नहीं है कि शिखर चंद जैन की यह कृति अपने उद्देष्य में पूर्णतयः सफल रही है।

इस कृति की एक बड़ी विशेषता उसका विषय वैविध्य है। लेखक का प्रयास रहा है कि वह जीवन के अधिक से अधिक क्षेत्रों की विसंगतियों, बाधाओं, चुनौतियों और उससे जुड़े तनावों को व्याख्या करें उनसे लड़ने के तरीकों पर प्रकाश डाले जो वास्तविकता के निकट हो। यही कारण है कृति में अलग–अलग विषयों पर प्रभावी लेख देखने को मिलते हैं जो पातक को बेहतर मनुष्य बनने की प्रेरणा देते हैं और उसके कष्टों को दूर करने की चेष्टा भी करते हैं। मैं इनमें से कुछ लेखों के शीर्षकों का उल्लेख कर रहा हूं जो कृति की सामग्री के विषय में स्पष्ट संकेत देते हैं। ऐसे शीर्षक – ऐसे बढ़ाएं अपना विल पावर, आपकी जिंदगी बदल देंगे ये विचार, हर हार में छिपे हैं जीत के सबक, ऐसे बढ़ती है हमारी कार्य क्षमता, 100 शिकायतें दूर कर सकता है सॉरी, फिर आएगा जिंदगी को जीने का मजा, जिंदगी में नयापन आदि है। ये लेख आपको अपने जीवन में आमूल चूल परिवर्तन लाने के लिए प्रेरित करते हैं, आप की कठिनाइयों को समझने का दावा करते हैं, उनका गहन विश्लेषण करते हैं, फिर आपको एक बेहतर मनुष्य बनने के टिप्स देते हैं। यही इन लेखों की सफलता है।

मैं अगर अपनी बात करूं तो इस भूमिका को लिखते हुए मुझे रह रह कर ऐसा अनुभव हुआ कि इन लेखों के माध्यम से मैं भी अपने जीवन में कुछ सकारात्मक बदलाव ला सकता हूं। मेरा मानना है कि जब ऐसा मुझे लग सकता है तो ऐसा आपको भी लग सकता है। तो आइए इस अनुभव से गुजरने के लिए इस किताब के पन्ने पलटिये और देखिए कि नकारात्मकता को एक तरफ धकेलते हुए सकारात्मकता

आपको अपनी बाहें खोलकर बुला रही है। सच बताइए ऐसे आमंत्रण को कोई ऐसे अस्वीकार कर सकता है क्या ?

इन्हीं शुभकामनाओं के साथ

सुभाष चंदर

(प्रख्यात लेखक, व्यंग्यकार)

टीवी–रेडियो के लिए 100 से ऊपर धारावाहिकों का लेखन, व्यंग्य की 11 पुस्तकों सहित कुल 41 पुस्तकों का लेखन।

इंदिरा गाँधी राष्ट्रीय पुरुस्कार, भारत सरकार

डाक्टर मेघनाथ साहा पुरुस्कार, भारत सरकार

व्यंग्य श्री सम्मान 2016, शरद जाशी सम्मान 2015, उ.प्र .सरकार अट्टहास सम्मान, हरिशंकर परसाई सम्मान आदि से सम्मानित।

जिंदगी.....

न मिलेगी दोबारा

क्रम तालिका

आपकी जिंदगी को बदल देंगे ये विचार

अगर आप अपनी जिंदगी के मौजूदा हाल से खुश नहीं हैं और नए साल में कुछ नए अंदाज में जिंदगी जीना चाहते हैं, तो बस कुछ बातों को अपने जहन में उतार लें–

धैर्य रखें सब ठीक होगा – अगर आपका समय माकूल नहीं है तो जरा धैर्य रखें। इस दुनिया में कुछ भी स्थाई नहीं है। अगर सुख स्थाई नहीं है तो फिर दुःख कैसे हो सकता है? बस आप मेहनत करते जाएँ। जब वक्त बदलेगा तो सब सही हो जाएगा। किसी ने क्या खूब कहा है–

जो न देते थे जवाब, उनके सलाम आने लगे

वक्त बदला तो मेरे नीम पे आम आने लगे

फिक्र नहीं प्लान करें– अगर चीजें आपके मन के मुताबिक नहीं हो रही हैं तो सिर्फ हाथ पर हाथ धर कर फिक्र करने से क्या हो जाएगा? इसलिए फिक्र न करके इस बात पर चिंतन करें कि चीजों को कैसे सही किया जाए। क्योंकि जब आप फिक्र में होते हैं तो आप जलते हैं, जब आप बेफिक्र होते हैं तो दुनिया जलती है।

आलोचना से न डरें– अगर आपको लगता है कि आपका कोई काम सही नहीं हो रहा या लोग सब ठीक होने के बावजूद आपकी प्रशंसा नहीं करते तो जान लें कि सच्चे लोग कभी प्रशंसा के मोहताज नहीं होते क्योंकि असली फूलों को कभी इत्र लगाने की जरूरत नहीं होती। और कोई आलोचना करे तो इतना जान लें कि नफरत कमाना भी आसान नहीं है इस दुनिया में, बहुत ही खूबियां रखनी पड़ती हैं किसी की आंखों में खटकने के लिए।

आत्मबल कायम रखें– कठिन परिस्थितियों में संघर्ष करने पर एक बहुमूल्य संपत्ति विकसित होती है। जिसका नाम है आत्मबल। हम अक्सर बाहर की चुनौतियों से नहीं अपने अंदर की कमज़ोरियों से हारते हैं। थॉमस हेनरी हक्सले ने बहुत अच्छी बात कही है, "दुर्भाग्यशाली

वे नहीं जिन्होंने प्रयास किया और वे विफल हो गए। दुर्भाग्यशाली तो वे हैं जो प्रयास ही नहीं कर सके।"

लोगों में प्यार महसूस करें– दुनिया में हर सजीव प्राणी में प्यार की झलक है और हर लम्हे में खुशी के अणु हैं, अगर आप इन्हें महसूस कर सकते हैं, तो जिंदगी खुशनुमा अहसास बन जाएगी और नहीं तो फिर एक बीता हुआ कल बन कर रह जाएगी। विद्वान सोफोक्लीज ने कहा है, "केवल एक शब्द हमें जीवन के सारे बोझ और दर्द से मुक्ति दिला देता है और वह शब्द है प्रेम।

दूसरों से ईर्ष्या न करें– न यह न देखें कि दूसरा क्या कर रहा है या वह कैसे सुखी है यह सोच कर अपना मन दुखी न करें। किसी ने ठीक कहा है, "किसी इंसान से ईर्षया करना वैसा ही है, जैसे किसी चूहे से छुटकारा पाने के लिए अपना घर जला लेना।" इसलिए हमेशा यह देखें और सोचें कि मुझे क्या करना है।

बोझिल रिश्तों को तोड़ दें– यह सही है कि आमतौर पर रिश्ते तोड़ने नहीं चाहिए। लेकिन जहां आपकी कदर न हो, आपकी भावनाओं की किसी को परवाह न हो वहां निभाने भी नहीं चाहिए। अगर कोई व्यक्ति आपके आंसुओं की वजह बनता है, तो बार–बार आंसू पोंछने की बजाय उस व्यक्ति को ही अपने से दूर कर दें।

मुश्किल घड़ी यानी परीक्षा– अगर आप जिंदगी में मुश्किल समय का सामना कर रहे हैं तो समझ लीजिए कि भगवान आपको एक मजबूत इंसान बनाना चाहते हैं। सफलता को सिर पर न चढ़ने दें और असफलता को दिल में न उतरने दें। रॉबर्ट टी। कियोसाकी ने कहा है, "असफलता सफलता की प्रक्रिया का हिस्सा है।जो लोग असफलता से बचते हैं, वे सफलता से भी बचते हैं"।

ऐसे बनाएँ अच्छे सम्बन्ध– अच्छे लोगों से सम्बन्ध किसी भी इंसान के लिए पूंजी होते हैं। इसलिए लोगों से प्रेमपूर्वक बात करने की आदत डालें। दूसरों के बारे में उतना ही बोलें जितना खुद के बारे में सुन सकें। जीभ सुधर जाए तो जीवन सुधारने में वक्त नहीं लगता। संवाद की सबसे बड़ी समस्या यह है कि हम किसी की बात को समझने के लिए नहीं जवाब देने के लिए सुनते हैं। दो लोगों में सबसे बड़ी दूरी तो गलतफहमी से पैदा होती है। बात करने के लिए वक्त और शब्द

नहीं बल्कि मन होना चाहिए। दूसरों की बुराई करने के मामले में हमेशा पीछे रहें लेकिन प्रशंसा करने में सदा आगे रहें।

कम करें जरूरतें– सुखी रहने का सबसे बढ़िया तरीका यह है कि आप अपनी जरूरतों को कम से कम रखें। बहुत ज्यादा चाह अक्सर उलझन और उदासी का सबब बन जाती है। इसलिए खुश रहने के लिए सिर्फ सुकून ढूंढ़िए। जरूरतें तो कभी खत्म नहीं होतीं। कितनी अच्छी पंक्तियाँ कही हैं किसी ने–

तमन्ना ने जिंदगी के आंचल में सर रख कर पूछा मैं कब पूरी होऊंगी?

जिंदगी ने हंस कर जवाब दिया जो पूरी हो जाए वो तमन्ना ही क्या।

किस्मत नहीं मेहनत पर करें भरोसा– कामयाब होने के लिए मेहनत करनी पड़ती है। किस्मत तो जुए में आजमाई जाती है। बेस्ट सेलर बुक "बड़ी सोच का बडा जादू" में लेखक ने लिखा है, "जब आप असफल और सफल दोनों तरह के लोगों का अध्ययन करेंगे तो पाएँगे कि सफल लोग कर्मठ होते हैं, औसत आदमी साधारण होता है जबकि असफल लोग निठल्ले होते हैं।

ईश्वर से शिकायत नहीं उसका शुक्रिया कहिये– जिंदगी को खुलकर जीने के लिए एक छोटा सा उसूल बनाएं। रोज कुछ अच्छा याद रखें और कुछ बुरा भूल जाएं। हर रोज बुरी बातों को याद करके ईष्वर को कोसना और शिकायत करना छोड़िए और उन चीजों के लिए आभार अदा कीजिए जो उसने आपको बख्शी हैं। क्योंकि आपके पास जितना है, न जाने कितनों के पास उतना भी नहीं है। किसी ने सटीक कहा है, "सोचता था कि दर्द की दौलत से मैं ही मालामाल हूं, लेकिन पता चला कि लोग मेरे से ज्यादा अमीर हैं" ।दुनिया में कोई भी ऐसा व्यक्ति नहीं जिसको समस्या न हो और दुनिया की कोई ऐसा समस्या नहीं जिसका समाधान न हो।

अपने कोच खुद बनें– मनोचिकित्सक एवं चर्चित लेखिका एमी मॉरिन ने अपनी पुस्तक '13 काम जो समझदार लोग नहीं करते' में लिखा है कि हर अच्छा कोच आपको बेहतर बनाने के लिए समर्थन और सलाह देता है। आपको भी अपने साथ ऐसा ही करना चाहिए। देखें कि आप क्या अच्छा कर रहे हैं, फिर अपनी शक्तियों को निखारें। उन क्षेत्रों को पहचानें जहां बेहतरी की गुंजाइश है और फिर खुद को बेहतर बनने

की चुनौती दें। एक ही प्रकार की गलतियों को आप बार–बार न दोहराएं, पहली असफलता के बाद प्रयास करना न छोड़ें, खुद के लिए अफसोस नकरें और सुनियोजित जोखिम से न डरें। कई बार लोग ऐसी सलाह और रणनीतियां बता सकते हैं कि कौनसी चीज उनकी मदद करती है। यदि वह चीज आपकी तरक्की की राह में मदद कर सकती हो, तो उसे अपने जीवन में शामिल कर लें।

ऐसे बढ़ाएं अपना विल पावर

विल पावर मजबूत हो, तो उसके बल पर कुछ भी किया जा सकता है, यह हम सभी जानते हैं। चिकित्सक कहते हैं कि सुदृढ़ इच्छाशक्ति वाले लोग बीमारी से जल्दी उबरते हैं, मनोवैज्ञानिक कहते है कि स्ट्रौंग विल पावर के बल पर कोई व्यक्ति नशे की पुरानी से पुरानी आदत को छोड़ सकता है, लाइफ कोच कहते हैं कि इच्छा शक्ति प्रबल हो तो व्यक्ति कठिन परिस्थितियों में भी खुद को संयत रखकर आगे बढ़ सकता है, करियर काउंसलर कहते हैं कि मजबूत इच्छा शक्ति वाले विद्यार्थी अपनी मंजिल हासिल करके मानते हैं और समाजशास्त्री कहते हैं कि समाज में सम्मानजनक स्थान हासिल करने और भीड़ से अलग अपनी पहचान स्थापित करने का माद्दा सिर्फ मजबूत इच्छाशक्ति वाले लोगों में ही होता है।

यह तो माना कि लाख मर्जों और मुश्किलों की एक दवा है– विल पावर। लेकिन लाख टके का सवाल यह है कि कोई अपनी विल पावर को स्ट्रौंग करें कैसे? इच्छाशक्ति को प्रबल या सुदृढ़ कैसे किया जाए?

कोलकाता मेडिकल रिसर्च इंस्टीट्यूट के मनोवैज्ञानिक डॉ. अमरनाथ मल्लिक बताते हैं कि हमारी विल पावर मांसपेशी की तरह होती है। अत्यधिक इस्तेमाल के कारण इसमें भी 'थकान' या सुस्ती के लक्षण उभरते हैं, लेकिन ट्रेनिंग के जरिए इसे मजबूत किया जा सकता है।

स्टैनफोर्ड यूनिवर्सिटी (कैलिफोर्निया) के मनोविज्ञानी और 'दी विलपावर इंस्टिंक्टः हाऊ सेल्फ कंट्रोल वर्क्स' के लेखक केली मैक गोनिगल कहते हैं, 'विलपावर एक प्रतिक्रिया है, जो हमारे दिमाग और शरीर दोनों से आती है'। इनका कहना है कि हमारे मन में चल रहे द्वन्द्व के फलस्वरूप जो प्रतिक्रिया उत्पन्न होती है वही विलपावर रेस्पौंस है। जैसे आप सिगरेट पीते हैं या भोजन अधिक मात्रा में लेते

हैं तब आपको पता होता है कि ऐसा नहीं करना चाहिए था, इसी प्रकार जब आप टैक्स जमा करने में आनाकानी करते हैं या जिम नहीं जाते, तो आपको पता होता है कि आपको ये काम करने चाहिए थे लेकिन कमजोर विलपावर के चलते आप जो उचित होता है, उसे नहीं कर पाते।

अगर अपना विल पावर बढ़ाना चाहते हैं, तो कुछ आसान से उपाय आजमा सकते हैं–

कठिन कार्य करने की आदत डालें– चर्चित किताब 'हाउ वी कैन रिच आवर गोल्स' के लेखक, कोलंबिया यूनिवर्सिटी के शोधकर्ता और सोशल साइकोलोजिस्ट हैडी ग्रांट हाल्वोर्सन कहते हैं कि किसी मांसपेशी की तरह हम अपनी विल पावर को भी लचीला और मजबूत बना सकते हैं, लेकिन इसके लिए कठिन अभ्यास की जरूरत है। डॉक्टर हैडी की मानें तो रूटीन वर्क से हटकर एवं रोजमर्रा की सामान्य आदतों से उलट काम करने से कठिन कार्य करने की आदत हो जाती है। जैसे ब्रश दायें हाथ से ना करके बाएं हाथ से करना, दरवाजा उलटे हाथ से खोलना, कम से कम आधा पेज रोज उलटे हाथ से लिखना आदि।

लक्ष्य पहचानें– सबसे पहले आपको यह तय करना होगा कि आप अपनी इच्छाशक्ति से कौन सा लक्ष्य हासिल करना चाहते हैं। आपका लक्ष्य हमेशा स्मार्ट होना चाहिए यानी स्पेसिफिक (विशेष), मेजरेबल (तयशुदा), एचीवेबल (जो हासिल हो सके), रियलिस्टिक (वास्तविक हो, काल्पनिक नहीं) और टाइमली (समय तय हो)। इस बात को आसानी से ऐसे समझें, अगर आप एक कामकाजी मां हैं, जिसे बहुत मुश्किल से जरा सा समय मिल पाता है, तो आपके लिए ऐसी फिटनेस रूटीन की योजना बनाना बेकार है जो आपसे दो–तीन घंटे का टाइम मांगती हो। कितना भी विलपावर हो, आप इसे व्यावहारिक रूप से नहीं अपना सकतीं। इसलिए आपको ऐसा फिटनेस प्लान खोजना होगा, जो आपके उपलब्ध समय से मेल खा सके।

स्थिति का आकलन करें– 'जर्नल ऑफ पर्सनैलटी एण्ड सोशल साइकोलौजी' में प्रकाशित अध्ययन के मुताबिक अगर आप किसी निश्चय को लागू करने में खुद को असफल महसूस करते हैं तो खुद को कड़ाई से ऐसा करने का आदेश दें। स्थिति का आकलन करें कि

आप जिस काम में असफल हो रहे हैं आप वाकई वह काम कर नहीं सकते या करने की कोशिश ही नहीं कर रहे। उन कारणों को पहचानें जो आपको कोई कार्यविशेष करने से रोक रहे हों। जब आप 'न कर पाने' और 'न करने' के अंतर और कार्य न करने के कारणों को जान जाएंगे, तो वाकई कोई भी काम ज्यादा सुगमतापूर्वक कर सकेंगे।

अड़चनों का पूर्वानुमान लगाएं– फोर्टिस हस्पताल के मनोचिकित्सक संजय गर्ग बताते हैं कि कोई नया रूटीन अपनाने या लक्ष्य हासिल करने में आप कौन कौन से बहाने बना सकते हैं या क्या क्या अड़चन आ सकती हैं, इस बात का पूर्वनामान लगाएं। यह ज्यादा मुश्किल काम नहीं है क्योंकि कुछ न करने के बहाने तो आखिर आपको ही गढ़ने हैं। जैसे आपने कल सुबह से मौर्निंग वॉक करने का निर्णय लिया, तो नहीं जाने के क्या क्या बहाने हो सकते हैं? जरा देखिए– नींद देर से खुली, आज नहीं कल से चलेंगे, बरसात आ गई, थकान लग रही है। इन बहानों को तोड़ भी आपको ही खोजना है– अलार्म क्लौक के साथ साथ अपनी पत्नी, पति, बहन, भाई, मां आदि को भी बोलकर सोएं नींद देर से नहीं खुलेगी। किसी कारण से दस मिनट देर से उठे, तो भी वाकिंग पर जाएं, भले ही तय समय पर लौट आएं, कल से क्यों जाएं, कल तो कभी नहीं आता, बरसात आ गई तो क्या हुआ छाता या रेनकोट है ना? बरसात आती है, तो ऑफिस नहीं जाते क्या? थकान लग रही है? ये तो रोज ही लगेगी। अच्छा तो ये होगा कि इन मुसीबतों से जूझकर अपना प्लान लागू करने की सफलता के लिए आप खुद पर गर्व करें।

मददगार मित्र चुनें– डॉक्टर अमरनाथ मल्लिक बताते हैं कि विल पावर को सबसे ज्यादा प्रभावित करते हैं वो लोग जिनकी संगत में आप ज्यादातर रहते हैं। वे चाहे आपके मित्र हों या परिजन। इसलिए अपने नए लक्ष्य को हासिल करने, किसी आदत से उबरने या विपरीत उपस्थिति में अपना मनोबल ऊंचा बनाए रखने के लिए सकारात्मक दृष्टिकोण वाले, मददगार और आपने सच्चे हितैषी लोगों को अपने मन की बात बताएं ताकि वे आपको समय समय पर सही राय देते रहें, उत्साहित करते रहें और आपकी राह सुगम बनाएं। इसलिए कोई भी लक्ष्य निर्धारित करें तो अपने मददगार लोगों को इसके बारे में जरूर बताएं।

स्वस्थ जीवन शैली अपनाएँ– 'भूखे या बीमार रहकर आप न तो किसी लक्ष्य को हासिल कर सकते, न ऊटपटांग खाने के लालच से बच सकते और न ही विपरीत परिस्थितियों से जूझ सकते हैं।' यह कहना है कोलकाता के फोर्टिस अस्पताल के मनोविज्ञानी संजय गर्ग का। पौष्टिक भोजन, समुचित विटामिंस के सेवन और नियमित व्यायाम को अपनी रूटीन का अहम हिस्सा समझें। साथ ही पर्याप्त नींद लें। रोज 7–8 घंटे की नींद लेंगे, तो शरीर और दिमाग को आराम मिलेगा। दिमाग को नई ऊर्जा मिलेगी और उस की क्षमता बढ़ेगी। साथ ही शरीर भी तरोताजा रहेगा। स्वस्थ जीवन शैली अपना कर ही आप धूम्रपान, शराब और कैफीन जैसी नुकसानदायक चीजों से भी बच सकते हैं।

दिमाग को दुरूस्त रखें– डॉक्टर संजय गर्ग बताते है कि विलपावर को नियंत्रित और संचालित करने मे सबसे बड़ी भूमिका दिमाग ही निभाता है। इसलिए इसका चुस्त और दुरूस्त होना सबसे ज्यादा ज़रूरी है। हमारे मस्तिष्क का अगला हिस्सा प्रीफ्रण्टल कोर्टेक्स निर्णय लेने, व्यवहार, सेल्फ कंट्रोल विल पावर आदि मानसिक गतिविधियों में संलग्न रहता है। इसे सक्रिय करने की आदत डालें। दिमाग की कार्यक्षमता पर सबसे बुरा असर डालता है स्ट्रेस। इसलिए स्ट्रेस मैनेज करना सीखें। स्ट्रेस से दूर रहने के लिए डीप ब्रीदिंग, मेडिटेशन आदि का सहारा लें और अपने मनोरंजन के समुचित इंतजाम करें। माकूल माहौल में रहने की कोशिश करें। हर रोज दस मिनट मेडीटेशन करना काफी मददगार साबित हो सकता है। इससे आपकी एकाग्रता भी बढ़ेगी और मूड भी फ्रेश रहेगा, तो मजबूत विल पावर के लिए ज़रूरी है।

रेकौर्ड रखें– जब भी आप कुछ नया करने की सोचें, उसे एक डायरी में या कॉपी में दर्ज करें और उसे कार्यान्वित करने की योजना को भी लिखित रूप में दर्ज करें। इसके बाद आपने इसे हासिल करने के लिए क्या क्या प्रयत्न किये, उस दिशा में कितना आगे बढ़े और कितना हासिल कर पाए आदि बातों का भी रिकौर्ड रखें। जब आप हर रोज अपनी डायरी खोलेंगे और खुद को लक्ष्य की ओर अग्रसर होता हुआ पाएंगे, तो आपको प्रेरणा मिलेगी और मन में नया जोश जगेगा, जिससे विल पावर में भी इजाफा होगा।

प्रेरणा लें– कुछ अच्छा करने के लिए ज़रूरी है कि आप अच्छी बातों को जानें सीखें, अच्छे लोगों से मिलें और अच्छा सोचें। इन सबके लिए आपको अच्छी किताबें पढ़नी होंगी, प्रेरक प्रेसंग, महापुरूषों एवं सफल लोगों की जीवनियां, सूक्तियां आदि पढ़नी होंगी। प्रेरक साहित्य पढ़ेगे तो आपका आत्मबल बढ़ेगा। जब भी कोई महत्वपूर्ण या दिल को छूने वाली बात पढ़े, उसे डायरी में अवश्य नोट करें। इससे दो फायदे होंगे, एक तो आप लिखेंगे तो आपको ज्यादातर बातें याद रहेंगी, दूसरा ये कि आप जब चाहें संदर्भ के रूप में या खुद को प्रेरित करने के लिए इन्हें पढ़ सकेंगे। इसके अलावा अपने आसपास मौजूद सफल लोगों से बात करने की कोशिश करें, उनसे आत्मीयता बढ़ाएं और उनका मित्र बनने की कोशिश करें। उनकी अच्छी आदतें सीखें और उनका अनुकरण करें।

खुद को पुरूस्कृत करें– मनोविज्ञानी अमरनाथ मल्लिक बताते हैं कि पुरस्कार का चमत्कारिक लाभ होता है। जब भी आप कोई निश्चित कार्य करने में, किसी बुरी आदत को छोड़ने में सपल होते हैं, तब खुद को पुरस्कृत करें। खुद को शाबाशी दें, अपने प्रियजनों के सामने अपनी इस बात की प्रशंसा करें। साथ ही पसंदीदा डिश बनाकर खाएं या रेस्तरां से लंच डिनर लें, हेयर स्टाइल चेंज कराएं, किसी स्पा में जाएं या कुछ भी ऐसा करें जिससे आपको खुशी मिलती हो।

निर्णय लेने में जरा समय लें– खाने पीने की कई ऐसी चीजें हैं, जो आपको खाने में अच्छी तो बहुत लगती हैं, लेकिन सेहत के लिए अच्छी नहीं होती। स्मोकिंग या ड्रिंकिंग भी कुछ ऐसी ही आदते हैं। इन चीजों से बचने के लिए सबसे अच्छा है कि इनके सेवन का निर्णय लगातार टालते रहें और इन्हें अपनी नजरों दूर रखें। लेखक रौय एफ बोमिस्टर ने अपनी किताब 'विल पावर– रीडिस्कवरिंग द ह्यूमन स्ट्रेंथ' में कहा है कि चाहे खाने पीने का मामला हो या कुछ और 'अभी नहीं, बाद में' कहना सीखें। वर्तमान महत्वपूर्ण कार्य पर फोकस करने के लिए दूसरी चीजों को बाद के लिए टालना सीखें। 'साइकोलौजिकल साइंस' में प्रकाशित शोध के मुताबिक किसी भी निर्णय लेने से पहले उसके बाद में जरा मंथन और रिसर्च करें, तो आपका निर्णय ज्यादा अच्छा होगा। कुछ निर्णय आज न लेकर सो जाएं और अगले दिन लें, नतीजे अच्छे आएंगे। जब आप अच्छे बुरे का निर्णय ले चुके होंगे तो आपको योजना क्रियान्वित करने में कोई हिचक नहीं बल्कि आसानी होगी।

खुशी ऐसे मिलती है!

इस दुखियारी (जहाँ लगभग हर इंसान सब खुद को दुखी मानता है और दूसरे को सुखी) दुनिया में हर कोई खुशी हासिल करने के लिए भटक रहा है। खुशी हर किसी को चाहिए लेकिन हर कोई नहीं जानता कि इसे हासिल कैसे किया जाए। व्यवहार विज्ञानियों, समाज शास्त्रियों, मनोविज्ञानियों और शोधकर्ताओं ने खुशी की तलाश में अपना दिन रात एक कर के कई अध्ययन किए हैं और कुछ श्योर शॉट फॉर्मूले ढूंढ़े हैं, इसे हासिल करने के। आइए जानते हैं ऐसे ही कुछ विज्ञान सम्मत उपायों के बारे में–

स्वीकार्यता से मिलती है खुशी– आप अपने आसपास की हर चीज को अपने हिसाब से बदलना चाहते हैं, कुढ़ते हैं और असंतुष्ट रहते हैं, तो समझ जाइए कि खुशी आपसे कोसों दूर है। इसके उलट जो लोग चीजों, लोगों और परिस्थितियों को सहज भाव से 'जैसा है, जहां है' रूप में स्वीकार कर लेते हैं, वे हरदम खुशमिजाज रहते हैं। यह निष्कर्ष 'साइकोलॉजी टुडे' में प्रकाशित एक शोध में निकाला गया है। 'दी फाइव थिंग्स वी कैन नॉट चेंज एण्ड दी हैपिनेस वी फाइंड बाय एम्ब्रेसिंग देम' (पांच चीजें जो हम बदल नहीं सकते और खुशी जो उन्हें चाह कर हमें मिलती है) के लेखक डेविड रिचो कहते हैं, 'चीजों को स्वीकार करने की आदत सीखना हमारे हाथ की बात है। जब हम विरोध करते हैं, तो असल में सच से मुंह मोड़ते हैं। इस प्रकार जिंदगी असंतोश, निराशा और दुख की श्रृंखला बनकर रह जाती है। जबकि स्वीकार कर लेने की आदत हमें संतुष्ट और प्रसन्न कर देती है।' इस बात को समझने के लिए दो छोटे उदाहरण काफी होंगे।' मान लीजिए आपकी कामवाली गैरहाजिर हो गई। अब आप उसे लाख कोसें, वो तो आने वाली नहीं लेकिन झुंझलाने पर आपका मूड चौपट हो जाएगा। काम की वैकल्पिक व्यवस्था दोनों सूरत में आपको ही करनी है चाहे आप इसे सहज रूप से लेकर करें या अपना मूड ऑफ करके करें। इसी प्रकार सब्जी वाला आज भिंडी महंगी बेच रहा है, तो आपको मान लेना चाहिए कि आज के उसके यही भाव हैं। खरीदना या न खरीदना दोनों ही परिस्थितियों में आपके बस की बात है, लेकिन उसे कल के

भाव में बेचने के लिए आप मजबूर नहीं कर सकते, चाहे गुस्सा करके अपना मूड कितना भी बिगाड़ लें।

खोल दें मन की खिड़की– अपने मन की खिड़कियां खोल दें, भीतर की बासी हवा निकलने दें और ताजा हवा के झोंके से मन को ताजगी दें। अमरीका की वेक फॉरेस्ट यूनिवर्सिटी के वैज्ञानिकों ने कहा है कि खुद को खुलकर अभिव्यक्त करने से मन में खुशी के भाव आते हैं। अजनबियों से बातें करें, मन करे तो जोर से गाना गाएं, अपने पसंदीदा गाने पर बिंदास होकर डांस करें। खुद को खुल कर एक्सप्रेस करने से मन प्रसन्न हो जाता है।

बच्चों की तरह उत्सुक बन जाएं– आपने देखा होगा कि बच्चे हर नई चीज के बारे में जानने के लिए कितने उत्सुक होते हैं। उनका जिज्ञासु स्वभाव ही उनके खुश और निश्चिंत रहने की बड़ी वजह है। 'ब्रिटिश जर्नल ऑफ गाइडेंस एण्ड काउंसलिंग' में प्रकाशित शोध में पाया गया है कि जिज्ञासु स्वभाव आत्मसम्मान बढ़ाने वाला और पॉजिटिव मूड का सबब बन जाता है। 'पर्सनैलिटी एण्ड इनडिविजुअल डिफरेंसेज' जर्नल में प्रकाशित अध्ययन के अनुसार खुश रहने और उत्सुक बने रहने के बीच गहरा संबंध है। जिज्ञासु स्वभाव से पॉजिटिव इमोशंस का संचार होता है।

लोगों से रखें अच्छे संबंध– हार्वर्ड यूनिवर्सिटी के शोधकर्ताओं के मुताबिक लोगों के साथ अच्छे रिश्ते रखने वाले लोग आमतौर पर खुशमिजाज और स्वस्थ रहते हैं। इन वैज्ञानिकों ने पाया कि पैसे या मशहूरी से ज्यादा प्रगाढ़ संबंध लोगों के ताउम्र खुश रखते हैं। अध्ययन में यह भी पाया गया कि अच्छी रिलेशनशिप रखने से शारीरिक और मानसिक क्षमता में उम्र के साथ होने वाले ह्वास की गति धीमी हो जाती है। वैज्ञानिकों ने यह भी पाया कि जिन लोगों की रिलेशनशिप 50 की उम्र में अच्छी रही उनके तन और मन का स्वास्थ्य 80 की उम्र में भी बेहतरीन रहा। यूनिवर्सिटी ऑफ इलिनॉयस के वैज्ञानिकों ने तीस साल तक 1,20,000 लोगों पर किए गए अध्ययन के बाद पाया कि आमदनी, शिक्षा, राजनीति और संबंधों में से सबसे ज्यादा खुशी लोगों ने अच्छे संबंधों से महसूस की।

हर काम अकेले न करें– 'प्रोसीडिंग्स ऑफ द नेशनल एकेडमी ऑफ साइंसेज' में प्रकाशित एक अध्ययन की मानें तो जो लोग अपने काम

करने के लिए सहायक रखते हैं वे दूसरों की तुलना में कहीं खुश रहते हैं। ऐसे लोगों को अपने मनमर्जी के काम करने या हॉबी पूरी करने के लिए फ्री टाइम आसानी से मिल जाता है इसलिए ये खुशमिजाज रहते हैं। इस स्टडी में शोधकर्ताओं ने यूएस, कनाडा, डेनमार्क और नीदरलैंड्स के लगभग 6000 लोगों से पूछताछ की। इसलिए आपको खुश रहना है तो घर के सारे काम अपने माथे पर न लें, बल्कि डोमेस्टिक हेल्प रखें या जीवनसाथी व बच्चों की मदद लें।

दूसरों के लिए अच्छा करें– फोर्ब्स डॉट कॉम पत्रिका द्वारा किए गए अध्ययन से पता चला है कि दूसरों पर पैसे खर्च करने और उनके लिए कुछ करने से खुशी मिलती है। जाहिर है, हम किसी की मदद करें, उपहार दें या उस पर खर्च करें तो मन में बड़प्पन का भाव आता है और भीतर तक सुकून मिलता है।यूनिवर्सिटी ऑफ ज्यूरिख के वैज्ञानिकों ने पाया कि जो लोग दूसरों के प्रति नरमदिल होते हैं और तकलीफ में उनकी मदद करते हैं, वे तुलनात्मक रूप से खुश रहते हैं। मदद करने या किसी के साथ मदद का वादा करने से दिमाग में पॉजिटिव संकेत जाते हैं, जो उसे खुश रखते हैं। इसी तरह हार्वर्ड बिजनेस स्कूल के शोधकर्ताओं द्वारा किए गए अध्ययन में पाया गया कि उदारता का कोई भी काम हमारे मस्तिष्क को इमोशनल रिवार्ड देता है। किसी अनजान की तुलना में परिचित या मित्र की मदद करने से इस इमोषनल रिवार्ड का लेवल बढ़ जाता है। इसी प्रकार सामाजिक कार्यों में बढ़चढ़कर हिस्सा लेने से भी खुशी मिलती है।

डायरी लिखने की आदत डालें– 'साइकोलॉजिकल साइंस' में प्रकाशित एक स्टडी में बताया गया है कि नियमित रूप से डायरी लिखने वाले लोगों को हैप्पीनेस कोशेंट दूसरों की तुलना में ज्यादा होता है। शोधकर्ताओं ने दो समूहों पर तुलनात्मक अध्ययन करने के बाद यह नतीजा निकाला। एक समूह के लोगों को डायरी में दिन भर की गतिविधियां और खास बातचीत का ब्यौरा और उस की खास बात लिखने को कहा गया। फिर बाद में इन्हें डायरी पढ़ने का मौका दिया गया, तो वे बड़े खुश नजर आए।

पॉजिटिव सोचें– यूनिवर्सिटी ऑफ पेनसिलवानिया के पॉजिटिव साइकोलॉजी सेंटर ने अपने गहन अध्ययन में पाया कि सकारात्मक सोच से किसी भी इंसान को खुशी मिल सकती है। वैज्ञानिकों ने पाया

कि छह महीनों तक लगातार हर रात जिन लोगों ने अपनी डायरी में दिन भर की तीन अच्छी चीजें नोट कीं वे काफी खुश पाए गए।

पानी पिएं– इस सलाह पर आपको ताज्जुब हो सकता है, लेकिन यह सही है कि पानी पीने से राहत और खुशी मिलती है। ऐसा कई अध्ययनों से पता चला है। यूनिवर्सिटी ऑफ कनेक्टिकट (यूएसए) के रिसर्च में पाया गया कि डिहाइड्रेशन की मामूली स्थिति से भी महिलाओं का मूड ऑफ हो जाता है।

स्पोटर्स में चियरिंग से मिलती है खुशी– खेलकूद से तो शारीरिक फायदा मिलता ही है, साथ किसी खेल में पूरी तरह डूब जाना और किसी खिलाड़ी या टीम का उत्साह बढ़ाना, जोशो खरोश के साथ तालियां और सीटी बजाना, खुशी के मारे चीखना आदि मानसिक सेहत के लिए काफी फायदेमंद होता है। 'स्पोर्ट फैन्स दृ दी सायकोलॉजी एंड सोशल इम्पैक्ट ऑफ स्पेक्टेटर्स' के लेखक और मनोविज्ञानी डैनिगन वान का कुछ ऐसा ही मानना है। उन्होंने अपने अध्ययन में पाया कि स्पोर्ट्स के दीवानों में डिप्रेशन और लो सेल्फ एस्टीम की समस्या अन्य लोगों की तुलना में कम पाई जाती है।

सुख और खुशी का राज–'सोशल साइकोलॉजिकल एंड पर्सनैलिटी साइंस' में प्रकाशित एक ताजा अध्ययन के नतीजे बताते हैं कि सुखद और खुशी भरा समय किसी भी दूसरी चीज से ज्यादा सुख और खुशी देता है। यानी दोस्तों के बीच मनपसंद एक्टीविटीज में संलग्न होना, धन दौलत या महंगे अपार्टमेंट में रहने से मिलने वाली खुशी भर कहीं ज्यादा भारी पड़ता है। इसी प्रकार 4700 लोगों पर किए गए एक अध्ययन में जब पूछा गया कि उन्हें लम्बी दूरी की यात्रा पर स्थित महंगे अपार्टमेंट में रहना पसंद है या कम दूरी की यात्रा पर स्थित सस्ते अपार्टमेंट में, तो यहां भी लोगों ने कम दूरी की यात्रा वाला अपार्टमेंट चुना। यानी समय बचाने और उसे अपने तरीके से इस्तेमाल करने में उन्हें ज्यादा खुशी का अहसास होता है।

अपनी इमेज, अपने हाथ

कई बार अनजाने में ही हम कुछ ऐसी आदतें पाल लेते हैं जो हमें न सिर्फ आर्थिक रूप से नुकसान पहुंचा सकती हैं बल्कि वर्कप्लेस और सोशल सर्किल में हमारी इमेज भी खराब कर देती हैं। कभी–कभी अपनी इन आदतों की वजह से हम लोगों की हंसी या गॉसिप के पात्र भी बन जाते हैं। ऐसी आदतों के कारण लोग हमें गम्भीरता से नहीं लेते और इसका खामियाजा हमें बिजनेस न मिलने या प्रतिष्ठा में ह्रास के रूप भुगतना पड़ता है।

डींग हांकना– कई लोग घर हो या वर्कप्लेस, हर जगह लंबी–लंबी डींग हांकते हैं। ये हर किसी को बताते फिरते हैं कि अमुक काम उनकी ही वजह से हुआ है, कंपनी आज जिस ऊंचाई पर है उस में उनकी भूमिका सबसे ज्यादा है आदि। यह आदत अहंकार का परिचायक होती है। किसी भी परिवार में या कंपनी में किसी भी तरह के अचीवमेंट में हमेशा टीम वर्क ही होता है। भले ही किसी की भूमिका कम या ज्यादा हो सकती है। लेकिन सबको कमतर आंकने और खुद को सबसे बेहतर समझने वाले लोगों को कोई पसंद नहीं करता। नतीजतन ऐसे लोगों को कोई सपोर्ट करना पसंद नहीं करता क्योंकि सब जानते हैं कि सारा श्रेय अंत में मिस्टर या मिसेज डींग ही बटोरने वाले हैं। ऐसे में इन्हें वक्त पड़ने पर किसी का सहारा नहीं मिलता।

दूसरों पर दोष थोपना– किसी किसी व्यक्ति की आदत होती है कि किसी भी काम में कोई गड़बड़ी हो जाए या सफलता हासिल न हो तो खुद पल्ला झाड़ कर दूर खड़े हो जाएंगे और सारा दोष अपने परिजनों या टीम के दूसरे साथियों पर थोप देंगे। ऐसे लोगों को कहीं भी पसंद नहीं किया जाता क्योंकि किसी भी प्रोजेक्ट या काम की सफलता अथवा असफलता में सब का हाथ होता है, किसी अकेले व्यक्ति का नहीं।

विक्टिम कार्ड खेलना– कुछ लोग हमेशा खुद को वक्त का मारा या दूसरों द्वारा सताया गया बताते फिरते हैं और हर किसी से सहानुभूति की उम्मीद करते हैं। इनमें ना तो कोई प्रॉब्लम सॉल्व करने की क्षमता होती है और ना ही किसी काम को अंजाम देने की। अपनी असफलताओं या जमाने से पिछड़ जाने के लिए ये कभी अपनी खराब सेहत का रोना रोते हैं तो कभी खराब मूड का। जब कुछ समझ में नहीं आता तो ऐसे लोग अपनी किस्मत को कोसते हैं। हर वक्त निगेटिव ख्याल प्रकट करने और रोते धोते रहने के कारण ऐसे लोगों के पास फटकने में भी सब डरते हैं।

हर वक्त चुगली करना– कई लोग हर वक्त एक व्यक्ति की बात दूसरे व्यक्ति को बताते फिरते हैं। जो सामने ना हो उसके बारे में अंटशंट बातें करते हैं और जमकर उसकी बुराई करते हैं। ये लोग भले ही खुद को कितने भी होशियार समझें लेकिन विवेकशील और समझदार लोगों को समझते देर नहीं लगती कि जो व्यक्ति दूसरे की बुराई उनके सामने कर रहा है वह किसी दूसरे के सामने उनकी भी बुराई करता होगा। हमेशा दूसरों के बारे में गॉसिप करने वाले लोग किसी को पसंद नहीं आते।

आज का काम कल टालना– अगर आप कोई भी काम आने पर काम को कल के लिए टाल देते हैं तो याद रखें कि आप कभी सफल नहीं हो पाएंगे। कल कभी नहीं आता और आपका काम हमेशा टलता रहता है। इससे आपका बॉस आपसे चिढ़ने लगता है और सहकर्मी भी आपको हेय दृष्टि से देखते हैं। क्लाइंट या ग्राहक भी आपका कभी भरोसा नहीं कर पाता। वर्कप्लेस ही नहीं घर में भी इस आदत की वजह से आपकी इमेज खराब हो जाती है। आलस्य की वजह से आपका काम कभी पूरा नहीं हो पाता और आप कभी आगे बढ़ ही नहीं पाते।

इसलिए बेहतर होगा कि आप इनमे से कोई आदत हो तो जल्दी से जल्दी इनसे छुटकारा पा लें।

आपकी झोली खुशियों से भरेगी

इस दुनिया में हर कोई अगर किसी चीज के पीछे भाग रहा है, तो वो है खुशी। मुश्किल यह है कि खुश रहना तो सब चाहते हैं पर खुश रहना किसी–किसी को ही आता है। किसी ने बिल्कुल सही कहा है–

तुमको जीना है इस जहां में अगर

अपने जीने का फलसफा बदलो

आंधियाँ तो बदलने वाली नहीं

तुम ही बुझता हुआ दिया बदलो

मुस्कुराहट मिला के थोड़ी सी

अपने अश्कों का जायका बदलो

लोगों के व्यवहार से परेशान न हों– हर व्यक्ति का स्वभाव अलग होता है, वह उसी के अनुरुप व्यव्हार करता है और आप उसे लाख चाहकर भी बदल नहीं सकते। आपको मान लेना चाहिए कि इस दुनिया में हर इंसान एक प्री–प्रोग्राम्ड कम्प्यूटर की तरह है। अगर आपको उसके साथ तालमेल बैठाना है तो आपको उसके मिजाज के अनुरुप व्यवहार करना होगा। सबका दिमाग एक सॉफ्टवेयर प्रोग्राम जैसा है। आप उसे कंट्रोल करना चाहते हैं, तो उसे मॉनीटर करना सीखिए, उससे परेशान होना या नाराज होना समस्या का समाधान कत्तई नहीं। अलबत्ता ऐसा करके आप सिर्फ अपना ही मिजाज खराब करेंगे। जिस दिन आपने यह सीख लिया उसी दिन से आप लोगों के व्यवहार से खीझकर अपना मूड ऑफ करना बंद कर देंगे, उनसे बेहतर तरीके से काम ले सकेंगे और खुश रहने लगेंगे।

व्यक्तित्व को निखारने की कोशिश कीजिए– आप अपने परिवार, समाज, वर्कप्लेस या इस दुनिया के लिए कैसे एक काम के व्यक्ति साबित हो सकते हैं, इस पर विचार कीजिए। आप में कोई हुनर होगा,

तभी आपकी प्रतिष्ठा बढ़ेगी और जाहिर है, इससे आपको खुशी मिलेगी। इसके लिए आपको निरंतर अपने व्यक्तित्व में निखार लाना होगा। नई–नई स्किल सीखनी पड़ेगी। अपनी प्रोफेशनल लाइफ को इम्प्रूव करने के लिए उससे संबंधित हुनर सीखें और नई जानकारियों से अपडेट रहें। परिवार और समाज के लिए उपयोगी बनने के लिए कमाई पर ध्यान दें, नई जानकारियां रखें, लोगों की मदद को तत्पर रहें। आप किसी को कुछ देंगे, तो निश्चित तौर पर आपकी पूछ–परख अधिक होगी।

न पालें तुलनात्मक हीनता– आपका कोई रिश्तेदार आलीशान मकान का मालिक है, आपके पड़ोसी के पास होंडा सिटी गाड़ी है और आपके दोस्त की मंथली इन्कम 1 लाख रुपए से ज्यादा है..... अगर ये बातें आपको परेशान करती हैं, तो समझ लीजिए कि आपको खुशी कभी मिलने वाली नहीं। आप दिन–रात लोगों से तुलना करके आत्महीनता, कुढ़न, चिढ़न आदि के शिकार हो जाएंगे और फिर डिप्रेशन में चले जाएंगे। लगातार अपनी कमजोरियों को उभारकर देखना और पछताना गलत तरीका है जबकि दूसरों से प्रेरित होकर उनकी अच्छाइयों को अपनाना और अपनी कमियों को ठीक करने में ऊर्जा लगाना सही तरीका है। अच्छा होगा कि आप सिर्फ अपने काम और अपनी जिंदगी पर ध्यान दें। अपना बेस्ट दें और जिंदगी को निश्चिन्त होकर जीने की आदत डालें। अच्छा–बुरा वक्त सबका आता है। अगर किसी वजह से आप बुरे दौर से गुजर रहे हैं, तो गौर करें–

परिंदे शुक्रगुजार हैं, पतझड़ के भी दोस्तों,

तिनके कहां से लाते, जो सदा बहार रहती

अहंकार को त्याग दें– दुनिया में बहुत से लोग सिर्फ इसलिए दुखी और परेशान रहते हैं कि फलां ने उन्हें 'पूछा नहीं', उन्हें तवज्जो नहीं दी और उनका इस दुनिया में कोई महत्व नहीं। माना कि आप वाकई एक अच्छे इंसान हैं, बहुत गुणवान हैं और अपनी जिंदगी में सफल भी बहुत हैं, लेकिन इन छोटी मोटी बातों से दिल दुखाना, लोगों से रिश्ते बिगाड़ना, उन्हें बुरा–भला कहना और रूठ जाना आपकी सारी अच्छाई पर पानी फेर देता है। सच तो यह है कि इस विशालकाय दुनिया में आपकी वास्तविक हैसियत बस इतनी सी है जितनी एक विशाल कैनवस पर बॉलपेन से बनाए एक बिंदु की होती है। आप जैसा अच्छाई

वाले अनगिनत लोग इस दुनिया में हैं। जैसे ही आप अपनी जिंदगी में इस फिलॉसफी को अपना लेंगे, आप बेहद खुश रहने लगेंगे और आपके रिश्तेदारों व परिजनों के बीच आपकी कद्र भी बढ़ जाएगी।

वास्तविकता और वर्तमान में यकीन रखें– कुछ लोगों की आदत होती है कि वे सदैव एक अज्ञात भय से पीड़ित रहते हैं। उन्हें हमेशा यह चिंता सताती है कि आज तो ठीक है, लेकिन कल क्या होगा। आने वाले कल की चिंता में ऐसे लोग अपना आज का दिन भी खराब कर लेते हैं। सच तो यह है कि कल क्या होगा, यह किसी को नहीं पता। फिर क्यों व्यर्थ चिंता करके अपना वर्तमान खराब करना। कई लोग बीती बातों को याद करके उदास या दुखी होते रहते हैं। जो बीत गया उसको याद करके भी कुछ हासिल नहीं होने वाला। इसलिए बेहतर यह है कि मौजूदा पलों को जी भरकर जिएं और मस्ती से रहें।

अगर आप लगातार व्यर्थ की चिंताएं करते हैं, तो खुद को बदल डालें। किसी शायर ने कहा भी है–

पानी बदलो, जरा हवा बदलो

जिंदगानी की ये फिज़ा बदलो

कह रही है ये दूर से मंजिल

काफिले वालों, रहनुमा बदलो

सारी दुनिया बदल गई कितनी

तुम भी अब जरा बदलो

आपके अंदर भी छुपा हुआ है एक विजेता

अक्सर हम दूसरों को देखकर रश्क करते हैं कि उसमें तो किसी विजेता जैसे गुण हैं, भला मेरी और उसकी बराबरी कहां? लेकिन ऐसा सोचना गलत है। दुनिया के सफलतम लोगों ने हमेशा माना है कि हम सब में एक विजेता छिपा हुआ है। बस देर है तो उसे पहचानने और उभार कर बाहर करने की। किसी ने बहुत अच्छी बात कही है– हमारी हार इसमें नहीं है की कोई दूसरा हमें नहीं पहचानता, हार इसमें है कि हम खुद अपने आप को नहीं पहचान पाते। आइए जानते हैं अपने भीतर छिपे हुए विजेता को बाहर निकालने के कुछ कारगर उपाय–

अपनी जिंदगी में रखें संतुलन – लाइफ कोच रोयास्टन गेस्ट ने कहा है कि आपको कभी–कभी अकेले बैठकर, तमाम व्यवधान से दूर रहकर सोचना चाहिए कि आप अपने जीवन के कितने हिस्सों में बंटे हुए हैं। जीवन में आपको कई तरह की भूमिकाएं निभानी पड़ती हैं। आप पर्सनल लेवल पर, प्रोफेशनल लेवल पर, रिलेटिव्स के साथ और अपने घर में बच्चों के साथ अलग–अलग भूमिकाओं में होते हैं। आपकी सफलता इस बात पर निर्भर करती है कि इन सब भूमिकाओं में आप खुद को कितना संतुलित रख पाते हैं।

बदलिए अपना एटीट्यूड– बहुत सही कहा गया है कि एक कमजोर इंसान तब रुकता है जब वो थक जाता है। जबकि एक विजेता तब थमता है जब वो जीत जाता है। अगर आप लगातार खुद को एक दुखी हताश और हारा हुआ इंसान समझते रहेंगे तो आप कभी भी आगे नहीं बढ़ पाएंगे। आपको अपने जीवन के प्रति सही एटीट्यूड रखना चाहिए। माना कि छोटी मोटी हार से कुछ हताशा हो सकती है लेकिन इसे जिंदगी भर के लिए खुद पर लाद लेना कतई बुद्धिमत्ता नहीं है। जब भी आप किसी कार्य में असफल हो या हार जाएं तो एक कदम पीछे जाकर जिंदगी को विस्तृत नजरिए से देखें और पता करें इन कमियों से ऐसा क्या हुआ होगा। सफलता या असफलता इस बात पर

निर्भर नहीं करती कि आपके पास क्या है, ये इस बात पर निर्भर करती है कि आप क्या सोचते हैं।

अपने लिए काम आसान बनाएँ– सफल लोग किसी काम को करने का अपना एक अलग तरीका इजाद करते हैं। इसका फार्मूला यह है कि किसी भी काम को आसान बनने के लिए उसे कई भागों में बांट लिया जाए। इससे आप उस काम को न सिर्फ बारीकी से समझ पाएंगे बल्कि उसे करना आपके लिए आसान भी हो जाएगा। जान लें कि दुनिया में कोई काम इतना कठिन नहीं होता कि आप उसे नहीं कर पाएं। अगर कोई आपको ऐसा कह कर डराए तो भी उसकी बातों में न आएं। किसी ने बिल्कुल सही कहा है, बुराई उन लोगो में नहीं जो आपको कहते हैं कि आप कुछ कर नहीं सकते क्योकि वो उनकी आदत है। बुराई आपमें में है जो उनकी बातों को सच मानकर हार मान लेते हैं।

लक्ष्य के प्रति जिद और आक्रामकता– फिल्म निर्माता जोया अख्तर ने कहा है कि अगर आप अपने काम को लेकर एग्रेसिव रहेंगे और लक्ष्य को हासिल करने के प्रति आक्रामक रहेंगे तभी आप सफलता हासिल कर सकते हैं। हर वक्त दिमाग को कूल रखकर आप कभी भी कुछ बड़ा नहीं कर पाएंगे। इसलिए जो भी करना है उसमें पूरी तरह जुट जाएं और उसे हासिल करके छोड़ें। आगे बढ़ने और विजय हासिल करने के लिए जीत की जिद ज़रूरी है।

स्वयं को महत्व दें– दूसरों की नकारात्मक बातों, आलोचनाओं और आपके बारे में विचारों को सुनना तो है लेकिन यह सब आपके लिए एक सूचना ही होनी चाहिए। ये बातें यदि आपको उपयोगी लगें तो याद रखें अन्यथा भूल जाएं। आप अपने बारे में क्या सोचते हैं यह ज्यादा महत्वपूर्ण है न कि यह बात कि अन्य लोग क्या सोचते हैं। जब आप स्वयं का सम्मान करेंगे तभी आप खुद को बेहतर तरीके से समझेंगे और बेहतर निर्णय लेंगे। इससे आपको सफलता भी मिलेगी। अगर आप एक नोर्मल इंसान से विजेता बनने का सफर पूरा करना चाहते हैं तो आपको जीवन में कुछ आदतों को शामिल करना होगा। फिल्म अभिनेत्री रिचा चड्ढा ने एक बार पत्रकारों से कहा कि एक समय ऐसा था जब मैं बॉडी शेमिंग की शिकार हो गई थी। मुझे अपने आप पर शर्म आती थी। मैं अपने लुक और चाल ढाल को लेकर बहुत सतर्क हो गई थी। बाद में एक डॉक्यूमेंट्री देखकर मैंने समझा कि मैं खुद को

स्वीकार नहीं करूंगी तो मेरे लिए कुछ भी सही तरीके से सोच पाना मुश्किल होगा। आज मैं उस दौर से बाहर हूं और जानती हूं कि जब तक आप खुद से प्यार नहीं करेंगे कोई आपको गंभीरता से नहीं लेगा। सबसे बढ़कर यह है कि लोग आपके काम और व्यवहार को देखते हैं और उसी से आपकी पहचान बनती है

हर हार में छिपे हैं जीत के कुछ सबक

जिंदगी इतनी आसान कहां है? उतार–चढ़ाव, हार–जीत, संकट और मस्ती ये सब हमारी जिंदगी के अभिन्न अंग हैं। आपने वो गाना तो सुना ही होगा, 'जिंदगी की यही रीत है, हार के बाद ही जीत है। इसी में सच्चा जीवनदर्शन छिपा हुआ है।' हम हर बाजी जीत नहीं सकते, लेकिन हार से निराश होने की बजाय कुछ सबक जरूर सीख सकते हैं क्योंकि हर संकट, प्रतिकूल स्थित और हार में जीत के कुछ सबक छिपे होते हैं। न तो कोई जीत आखिरी होती है और न ही कोई हार जिंदगी के खत्म होने की वजह। जिंदगी की हर दिन एक नई शुरुआत होती है। अगर आप हार या संकट से घबरा जाते हैं तो इन पंक्तियों पर जरूर नजर डालें–

कई जीत बाकी हैं

कई हार बाकी हैं

अभी तो जिंदगी का सार बाकी है

यंहा से चले हैं नयी मजिल के लिए

ये एक पन्ना था अभी तो किताब बाकी है।।

हर व्यक्ति के जीवन में संकट आते हैं। कुछ लोग इनसे घबराकर हार मान लेते हैं तो कुछ जीत हासिल करने तक डटे रहते हैं। ध्यान रहे, जब आप हार जाने या संकट के समय घबराते हैं तो आपकी शक्ति आधी रह जाती है। आप सही फैसला नहीं कर पाते और गलत निर्णय के कारण समस्या बढ़ती जाती है। जबकि होना यह चाहिए कि मुसीबत आने लेकिन आप दिमाग का पूरी तरह से इस्तेमाल करें। परेशानी के हर पहलू लेकिन विचार करना चाहिए। ऐसी कोई समस्या नहीं है जिसका हल न हो। किसी ने क्या खूब कहा है–

परेशानियों से भागना आसान होता है हर मुश्किल जिन्दगी में एक इम्तिहान होता है

हिम्मत हारने वाले को कुछ नहीं मिलता जिंदगी में और मुश्किलों से लड़ने वाले के कदमों में ही तो जहाँ होता है

बढ़ती है हमारी कार्यक्षमता–कई बार संकट दूर से बड़ा भयावह नजर आता है लेकिन जब हम बारीकी से इस पर विचार करते हैं तो इसके प्रति डर कम होता चला जाता है। जब हम सम्भलकर इसका मुकाबला करते हैं तो जीतते जाते हैं। इससे हमारा उत्साह बढ़ता है और हम पूरी बाजी जीतने के लिए जी जान लगा देते हैं। संकट के समय हमारी विचार प्रक्रिया में बदलाव आता है और हम चीजों को अलग नजरिए से देखने लगते हैं। ऐसे में हमारी संघर्ष करने की क्षमता का विकास होता है। सामान्य परिस्थिति में हम एक जैसी रूटीन जीते हैं और खुद को एक दायरे में सीमित कर लेते हैं। लेकिन जब संकट आते हैं तो हमारी कार्यक्षमता में इजाफा कारण हमारी मजबूरी हो जाती है। संकट व्यक्ति के हौसला, हिम्मत और विश्वास की परीक्षा लेता है। जो व्यक्ति इस परीक्षा में पास हो जाता है, वह सफलता हासिल कर लेता है। कभी कभी मंजिल लेकिन पहुंचने से दो कदम दूरी लेकिन ऐसे संकट आते ही सारी हिम्मत ही जवाब देने लगतीहै। लगता है कि हम जीती बाजी हार जाएंगे। ऐसे समय में अपने विश्वास को डिगने नहीं देना चाहिए तभी मंजिल मिल पाती है। अगर जीवन में संकट नहीं आएंगे तो हम कभी नहीं पहचान पाएंगे कि हमारी असली ताकत क्या है।

ज़रूरी है संकट–जीवन का हर पहलू हमारे सम्पूर्ण विकास के लिए ज़रूरी है। बुरी तरह थके बिना आराम का, सारी रात जागने के बाद सोए बिना नींद का और दुःख के बिना सुख का महत्व कहाँ समझ में आता है? माना कि जंगल की आग कई पेड़–पौधों व वन्यजीवों के लिए विनाशकारी होती है, लेकिन वास्तव में यह जंगल के इको सिस्टम को बनाए रखने में मददगार भी होती है। पेड़ों के जलने से नए पौधों के लिए जमीन तैयार होती है। ये नए पौधे नए बीज से तब तक उत्पन्न नहीं होते हैं, जब तक उन्हें सूरज की रौशनी नहीं मिलती है, जो जंगल के बड़े और घने वृक्षों के कारण उन तक नहीं पहुंच पाती है। इसी प्रकार के बड़े और घने वृक्ष जब आग में जल जाते हैं, तो नए पौधों के लिए यह संभव हो पाता है कि उन्हें सूरज की रौशनी मिल सके।

सीखते हैं धैर्य, उदारता और सहनशीलता–व्यक्तित्व के सर्वांगीण विकास के लिए थोड़ी बहुत असफलताएं भी बहुत ज़रूरी हैं। इससे सफलता पाने के लिए लगातार मेहनत करने की प्रेरणा मिलती है। मुसीबत में ही हम दूसरों के प्रति उदारता का गुण सीखते हैं। ऐसे ही वक्त में धैर्य जैसे गुण भी पनपते हैं। अनिश्चितताओं से घिरे जीवन में व्यक्ति अपने आसपास मौजूद हर चीज को नियंत्रित नहीं कर पाता। इतना ही नहीं, उसे हर वो चीज भी प्राप्त नहीं हो पाती जिसे वो पाना चाहे। याद रखें, सभी समस्याएं हमेशा सफल जीवन की राह में रोड़ा नहीं बनती, बल्कि वास्तव में वे अधिकाधिक संतोषप्रद और उत्कृष्ट जीवन जीने की दिशा में नींव का पत्थर साबित होती है। सीखने के लिए सबसे ज़रूरी बात यही है कि व्यक्ति को जीवन में मिलने वाली हर असफलता में संभावनाओं को तलाशते हुए आगे बढ़ना चाहिए। न कि उनसे हार माननी चाहिए। इन पंक्तियों में छिपे सन्देश को आत्मसार कर लीजिए–

आज बादलों ने फिर साजिश की जहाँ मेरा घर था वहीं बारिश की

अगर फलक को जिद है, बिजलियाँ गिराने की तो हमें भी जिद है वहीं लेकिन आशियाँ बनाने की

बहुत कुछ सिखा जाता है बुरा वक्त

बुरा वक्त किसी को अच्छा नहीं लगता और हर कोई हमेशा अच्छे वक्त की ही उम्मीद करता है। लेकिन सब कुछ हमारी उम्मीदों के मुताबिक कहां हो पाता है? प्रतिकूल परिस्थितियों पर हमारा कोई बस नहीं चलता, इसलिए उनसे घबराकर पलायन करने या उदास होकर निष्क्रिय बैठ जाने से कोई फायदा नहीं। जेफ केलर ने कहा है, 'विपरीत परिस्थितियां अक्सर अपने साथ कुछ छिपी हुई संभावनाएं लाती हैं।' बेंजामिन फ्रैंकलिन ने कहा है, 'जो चीजें हमारा दिल दुखाती हैं, वे ही (जिंदगीसे जुड़े) निर्देश भी देती हैं।' नेपोलियन हिल ने कहा है, 'हर बुरी स्थिति में समान अच्छाई या उससे कहीं अधिक फायदे की कुछ संभावनाएं छिपी हुई होती हैं।' हमारे पुरखे भी कह गए हैं कि सोना तपकर ही कुंदन बनता है और पत्थर ठुक कर ही ठाकुर बनता है।

इसमें राई रत्ती भी संदेह नहीं कि बुरा वक्त भी हमें कुछ न कुछ सिखा जाता है।

मजबूत बनाता है– कभी कभी आप जब किसी गंभीर बीमारी का शिकार हो जाते हैं और फिर उससे उबर आते हैं, तो फिर छोटी मोटी समस्याएं आपको परेशान नहीं करतीं। बीमारी के दौरान आप बहुत सी छोटी मोटी चीजों को तो नजरअंदाज करना भी सीख जाते हैं। आप समझने लगते हैं कि हर चीज आपको नियंत्रण में नहीं, इसलिए उन माथापच्ची करने से बेहतर है कि जो चीज आपके लिए महत्वपूर्ण है, उसपर फोकस किया जाय।

कृतज्ञता का गुण सिखाता है– बुरे वक्त में जब लोग आपसे दूर–दूर रहने लगते हैं, तो आपको समझ में आ जाता है कि आपका सोशल सर्किल बेहद कमजोर है या लोगों का आपसे अटैचमेंट नहीं है। इसलिए स्वार्थवश या अपनी गरज के लिए ही सही, आपको उनसे अच्छी तरह बातें करना, चिरौरी करना, चार लोगों के बीच उठना बैठना आ जाता है। साथ ही आप यह भी समझने लगते हैं कि किसी

से सिर्फ काम निकाल लेना उचित नहीं बल्कि काम होने के बाद उसे शुक्रिया भी कहना चाहिए।

छिपी हुई क्षमताएं उजागर होती है– कई बार हमारे अंदर कुछ ऐसे गुण छिपे होते हैं जिनका हमें खुद ही पता नहीं होता। या फिर जरूरत नहीं पड़ती, तो हम अपनी सीमित ऊर्जा और सीमित प्रतिभा का ही इस्तेमाल करके अपना काम चलाते रहते हैं। लेकिन जब हम तमाम मुसीबतों से घिर जाते हैं और खुद को असहाय पाते हैं तो अपने दिमाग के घोड़े दौड़ाने लगते हैं और जगह जगह हाथ पैर मारते हैं। इस दौरान हम कई नई चीजें भी आजमाते हैं, तब हमें महसूस होता है कि हमने अपनी पूरी दिमागी और शारीरिक क्षमता का उपयोग कभी किया ही नहीं।

सिखाता है बदलाव और एक्टिव रहना– जब तक हम सुख और सुकूनसे रहते हैं और विशेष कोई अड़चन महसूस नहीं करते तब तक वही पुरानी और ऊबाऊ रूटीन फॉलो करते रहते हैं। लेकिन जब परेशानी में आते हैं और बिजनेस या प्रोफेशन के फील्ड में पिछड़ने लगते हैं तो हमारा दिमाग हमारी रूटीन और व्यक्तित्व की कमियों को खोजने लगता है। जल्द ही हम चौकन्ना हो जाते हैं और अपनी कमियों को ठीक करके एक चुस्त रूटीन बना लेते हैं। साथ ही आलस्य त्याग कर हम एक्टिव भी हो जाते हैं।

नए दरवाजे खुलते हैं– जब तक विघ्न न पड़े तब तक हम उपलब्ध अवसरों को ही यथेष्ट मान लेते हैं। कंफर्ट जोन में खुद को समेटे रखते हैं और जो कुछ कर रहे होते हैं उससे अलग या बड़ा नहीं सोचते। लेकिन जब मुसीबत आती है या मौजूदा प्रोफेशन अथवा कारोबार में किसी प्रकार की समस्या आती है, तो हम दूसरे एम्प्लॉयर, ग्राहक या क्लाइंट्स का दरवाजा भी खटखटाने का मजबूर हो जाते हैं। इस दरम्यान कई बार हमें पहले से बड़े गुणग्राहक मिल जाते हैं जिन्हें हमारी सर्विस या प्रोडक्ट की जरूरत होती है। इस तरह हमारे पहले से भी अच्छे दिन आ जाते हैं। इससे आत्म विश्वास और आत्मसम्मान बढ़ता है।

बारिश की फुहारों सा हो आपका स्वभाव

तपिश भरे मौसम में आसमान में छाए बादलों की छाँव, ठंडी हवाएं और फिर रिमझिम बारिश की फुहारें कितना सुकून दे जाती हैं न! हम सब चिलचिलाती, तपती गर्मियों के शुरू होते ही कुदरत से बारिश की सौगात इसीलिए तो मांगने लगते हैं!! अगर हमारा स्वभाव भी ऐसा ही सुकून देने वाला हो तो सोचिये हमें लोगों की कितनी दुआएं मिल सकती हैं। दुआएं बरकत भी देती हैं और आत्मिक सुकून भी। तो क्यों न हम दूसरों की मुसीबत के वक्त उनकी कुछ मदद करने की आदत डालें! वैसे भी सिर्फ अपने लिए तो सब जीते हैं लेकिन एक पुरानी फिल्म का गाना है न, 'अपने लिए जिए तो क्या जिए, तू जी ऐ दिल जमाने के लिए।' यह गाना आज के स्वार्थ प्रधान युग में वाकई जिंदगी को खुशगवार बनाने के लिए एक सार्थक सन्देश देने वाला है। इससे आपको भी फायदा मिलेगा और आपके साथ रहने वाले लोगों को भी।

रिलेशनशिप एक्सपर्ट, साइकिएट्रिस्ट और सोशियोलोजिस्ट भी मानते हैं कि जरा सी नरमदिली, दूसरों के प्रति सहानुभूति और दयालुता का भाव आपको जीवन में बहुत कुछ दे सकता है। इससे आपको खुशी, सफलता और समाज में इज्जत मिलती है। अपने नर्म, सहयोगी और दयालु स्वभाव के इजहार के लिए आपको बहुत बड़े बड़े काम नहीं करने पड़ते। छोटी छोटी आदतों या एक्टिविटीज से भी आप लोगों का दिल जीत सकते हैं। जैसे भीड़ भरी बस में किसी बुजुर्ग, महिला या स्कूल से लौटती बच्ची को अपनी सीट देकर, बिल जमा देने वाली लाइन में किसी परेशान व्यक्ति की मदद करके, रास्ते में जल्दी में दिख रहे किसी कार या बाइक सवार को आगे निकलने का रास्ता देकर, हाथ में भारी थैला लेकर व्यस्त सड़क पार करने की कोशिश कर रहे किसी बुजुर्ग की सहायता करके आफ अपनी नरमदिली का परिचय दे सकते हैं। इससे आपको भी दिलमें सुकून और खुशी महसूस होगी।

मिलती है खुशी और सफलता– यूनिवर्सिटी ऑफ कैलिफोर्निया की प्रोफेसर सोंजा ल्यूबोमिस्क्री ने एक अध्ययन के दौरान प्रतिभागियों से

लगातार दस हफ्तों तक दयालुता और नरमदिली दर्शाने वाले काम करने को कहा। ये बहुत छोटे छोटे काम थे जैसे, किसी अजनबी के लिए दरवाजे को खोलकर पकड़े रखना, अपने रूममेट के कपड़े समेट कर रख देना, थाली पर बैठे किसी व्यक्ति के लिए किचन से रोटी लाकर दे देना आदि। प्रोफेसर सोंजा ने पाया कि अध्ययन के एक महीने बाद भी ऐसे काम करने वालो की खुशी का स्तर काफी ऊंचा था।

प्रोफेसर सोंजा कहती हैं, 'दयालुता का एक छोटा सा काम भी आपको अच्छी अनुभूति देता है। आप खुद को एक अच्छा आदमी समझते हैं। इससे आपको एक नया मित्र और दुआ भी मिलती है। लोगों के साथ अच्छे संबंध बनते हैं और आपका सामाजिक सम्मान बढ़ता है। साथ ही, किसी के आड़े वक्त में काम आकर आप उसका दिल जीत लेते हैं तो पता नहीं वह व्यक्ति आपकी कब, कहाँ और कैसे मदद कर दे। इससे आपका कोई बिगड़ता हुआ काम बन सकता है।' प्रोफेसर सोंजा की बात सही है, शुभम शर्मा दंपत्ति की मदद नहीं करता तो उसे वह नौकरी शायद कभी नहीं मिलती।

महान दार्शनिक एवं लेखक एल्डस लियोनार्ड हक्सले ने अपनी मृत्यु शैय्या पर जीवन भर के अनुभवों के मात्र चंद शब्दों में समेटते हुए कहा था, 'हम सब को एक दूसरे के प्रति दयालु होना चाहिए।'

अंतरराष्ट्रीय स्तर की कई बेस्ट सेलर किताबों के लेखक, प्रभावशाली ब्लौगर एवं प्रेरक वक्ता रौबिन शर्मा कहते हैं, 'अगर आप दिन भर में एक व्यक्ति के भी चेहरे पर मुस्कान ला देते हैं, समझ लें कि आपका वह दिन सचमुच सार्थक रहा। दयालुता, इस ग्रह पर रहने का किराया है, जो हम सबको चुकाना चाहिए।'

सेहत पर अच्छा असर– 'व्हाई गुड थिंग्स हैपन टू गुड पीपल' के लेखक प्रोफेसर स्टीफन पोस्ट ने अपने अध्ययन में पाया कि दयालु होना सेहत के लिए भी अच्छा होता है। 2000 से ज्यादा लोगों पर किए गए एक अध्ययन के नतीजे बताते हैं कि जो लोग नियमित रूप से दूसरों की भलाई के लिए कुछ करते हैं उनमें डिप्रेशन जैसे मानसिक रोगों की संभावना कम रहती है और उनका मानसिक स्वास्थ्य दूसरों की तुलना में बेहतर होता है। कुछ अन्य अध्ययनों में पाया गया है कि दूसरों की मदद करने वाले लोगं का इम्यून सिस्टम बेहतर होता है

और उनके क्रौनिक डिजीज से बीमार पड़ने की संभावना कम होती है। स्टीफन पोस्ट कहते हैं, 'स्वस्थ रहने, खुश रहने और नरमदिल होने में गहरा संबंध है। दयालुता भावनाओं को रेगुलेट करती है, जिसका हमारी सेहत पर सकारात्मक पर्भाव पड़ता है। नरमदिल और दयालु लोग अक्सर शांत स्वभाव के होते हैं जिससे वे स्ट्रेस के शिकार नहीं होते। जबकि स्ट्रेस के शिकार होने वाले लोगों का कार्डियोवैस्कुलर सिस्टम बुरी तरह प्रभावित होता है और साथ ही इम्यूनिटी सिस्टम को भी प्रभावित करता है।

सन् 2005 में इजरायल की हिब्रू यूनिवर्सिटी के वैज्ञानियों ने अपने अध्ययन में दयालुता और एक जीन में संबंध पाया। यह जीन डोपामाइन नामक फील गुड न्यूरोट्रांसमीटर का मस्तिष्क में उत्सर्जन करता है। 1991 में 'दी हीलिंग पावर औफ डूइंग गुड' के लेखक एलेन लुक्स ने पाया कि मददगार स्वभाव के लोगों ने खुद में ऊर्जा, गर्मजोशी, उच्च आत्ममूल्य और प्रतिष्ठा महसूस की। इस प्रवृत्ति को लुक्स ने 'हेलार्स हाई' नाम दिया।

'पे इट फौरवर्ड' नामक किताब की लेखिका कैथरीन रियान हाइड कहती हैं, 'दयालुता के किसी भी कार्य से हमें आंतरिक खुशी मिलती है।' इनकी किताब में एक ऐसे स्कूल बच्चे की कहानी है जिसने निश्चय किया है कि वह प्रति दया या मदद के किसी भी एक कार्य के बदले दूसरे लोगों के तीन अच्छे काम करेगा। यह किताब काफी लोकप्रिय हुई। इस पर फिल्म बनी और खूब हिट भी हुई। उस समय लोगों ने इस फिल्म से प्रेरित होकर आन्दोलन भी चलाया था।

इंसानियत का पर्याय है दयालुता– दयालुता के लिए हम सामान्यतया 'इंसानियत' या 'मानवता' शब्द का भी प्रयोग करते हैं। यानी यह इंसान का एक बेहद महत्वपूर्ण गुण है। निर्दयी या क्रूर लोगों के लिए अक्सर हम कह देते हैं कि इसकी मानवता मर गई या इसमे इंसानित नाम की चीज नहीं।

प्रोफेसर सोंजा कहती हैं, 'हमे हर रोज दयालुता का कोई न कोई काम जरूर करना चाहिए। भले ही आप निस्वार्थ भाव से किसी की मदद करें लेकिन इसका फायदा आपको किसी न किसी रूप मे जरूर मिल जाता है। चाहे वह खुशी के रूप में हो, सामाजिक प्रतिष्ठा के रूप में हो या समय आने पर सामने वाले द्वारा आपकी भलाई के रूप में हो।'

दयालुता के माध्यम से आप सिर्फ दूसरों की जिंदगी में ही नहीं खुद की जिंदगी में भी कई छोटे– बड़े सकारात्मक बदलाव ला सकते हैं।

इंसानियत के कारण ही हमारा अस्तित्व– 'सर्वाइवल औफ दी नाइसेस्ट' यानी अच्छे लोगों का अस्तित्व बना रहता है, के सिद्धान्त के अनुसार ही मानवजाति आजतक बची हुई है और निरंतर तरक्की पर है, तो अपनी दयालुता के कारण ही है। यूएस की सांता फे इंस्टीट्यूट के शोधकर्ता प्रोफेसर सौम बोवेलस ने प्राचीन संस्कृतियों का विश्लेषण करने पर पाया है कि उनके अस्तित्व में दयालुता एक मह्त्तवपूर्ण कारण थी। जिस समाज में दयालुता हो और अन्य सदस्यों के प्रति सहयोग का भाव हो, वह समाज लंबे समय तक अस्तित्व में रहता है। इनका कहना है कि हम इंसानों में अपने नजदीकी लोगों की मदद करने की कुदरती आदत और क्षमता होती है, इसका उपयोग करके हम अपने समाज को दीर्घ समय तक अस्तित्व में रख सकते हैं।

जिज्ञासा– तरक्की और खुशी के लिए ज़रूरी है

आपने देखा होगा कि कुछ बच्चे बहुत सवाल पूछते हैं। यूके के एक्सपर्ट्स ने एक अध्ययन में पाया कि जिज्ञासु बच्चे रोज 73 सवाल पूछते हैं जिनमें से ज्यादातर का जवाब उनके पेरेंट्स नहीं दे पाते। हर नई चीज को देखते ही या कोई नया शब्द सुनते ही वे क्या, क्यों, कैसे, कब जैसे सवाल पूछने लगते हैं। ऐसे में कई बार उनके माता या पिता चिढ़कर कह देते हैं, 'अरे भाई, ये तो बहुत दिमाग खाता है, हम तो तंग हो गए इससे। पता नहीं कैसा झक्की दिमाग है इसका।' लेकिन ऐसा सोचना गलत है।

सीखने की प्रक्रिया मूल है जिज्ञासा– मनोविज्ञानियों और व्यवहार विशेषज्ञों का मानना है कि जिज्ञासु प्रवृत्ति का होना न सिर्फ बच्चों के लिए बल्कि बड़ों के लिए भी आवष्यक और फायदेमंद है। यह नई चीजों को सीखने की प्रक्रिया मूल है। बौद्धिक विकास और जीवन में तरक्की हासिल करने के लिए यह एक ज़रूरी गुण है जो सिर्फ कुछ लोगों में नहीं, सबमें होना चाहिए।

खुशहाली और संतुष्टि देती है जिज्ञासा– अपनी पुस्तक 'स्टैंबलिंग ऑन हैप्पीनेस' में हार्वर्ड यूनिवर्सिटी के मनोविज्ञानी प्रो। डैनियल गिलबर्ट ने लिखा है कि जिज्ञासा खुशहाल जीवन के मूलभूत तत्वों में से एक है। लगातार एक अनुभव और जानकारियां हासिल करने हमें खुशी और संतुष्टि देता है। जिज्ञासु लोगों को कई दिलचस्प चीजें करने का मौका मिलता है। ऐसे लोग किसी भी काम को अलग तरह से करते हैं और उनका ऑब्जर्वेशन पॉवर दूसरे लोगों से काफी अधिक होता है। अल्बर्ट आइंस्टीन में बच्चों जैसी जिज्ञासा और अंतर्मन के अनुसार काम करने की आदत ताउम्र बनी रही, तभी वे इतने बड़े वैज्ञानिक बने। उन्होंने अपने एक मित्र को लिखा था– तुम्हारे और मेरे जैसे लोग कभी बूढ़े नहीं होते। क्योंकि, हम कभी बच्चों की तरह जिज्ञासु बनना नहीं छोड़ा।

जिज्ञासा में होता है हीलिंग पावर– कई अध्ययनों में पता चला है कि जिज्ञासा में हीलिंग पावर भी होता है, जो सेहतमंद रखता है। जिज्ञासु

स्वभाव के लोगों में हायपरटेंशन और डायबिटीज की समस्या कम होती है। लैरी गेसी ने अपनी पुस्तक 'द पावर ऑफ प्रीमोनीशंस' में कहा है कि जो महिलाएं अपनी रूटीन लाइफ से इतर छोटी–छोटी दूसरे बातों में भी दिलचस्पी रखती हैं, उनकी बौद्धिक क्षमता आगे चलकर दूसरी महिलाओं की तुलना में अधिक होती है। इससे उनका ब्रेन हेल्दी रहता है। डॉ. संजय गर्ग कहते हैं कि नई नई बातों की जानकारी मिलना आपकी हेल्थ और हैप्पीनेस के लिए आवष्यक तत्व है। इसलिए सदैव जिज्ञासु बने रहें।

इंटेलिजेंट बनाती है जिज्ञासा– वयस्कों में जिज्ञासु स्वभाव इंटेलीजेंस, प्रॉब्लम सोल्विंग स्किल और विश्लेषण क्षमता को बढ़ाने वाला भी पाया गया है। जाहिर सी बात है कि जिज्ञासु स्वभाव के लोग भले ही दूसरों को बचकाने लगते हों, पर वे स्मार्ट होते हैं। अगर आपका स्वभाव जिज्ञासु है और आपको कोई गाइडेंस नहीं मिल पा रही है तो जिन चीजों की जानकारी नहीं है उन्हें किताबों या इंटरनेट के माध्यम से पता करें। इससे आपका मन क्रिएटिव चीजों में लगा रहेगा, लोगों से संपर्क बढ़ेगा, पढ़ने की आदत बनेगी और सामान्य ज्ञान भी बढ़ेगा।

अवसाद से बचाए जिज्ञासा– जिज्ञासु प्रवृत्ति अवसाद, चिंता और भय जैसी नकारात्मक भावनाओं से उबारने में भी मददगार होती है। हार्वर्ड यूनिवर्सिटी के मनोविज्ञानी एलेन लैंगर ने कहा है कि अगर हम अपना ध्यान अपने डर की बजाय उन चीजों पर फोकस करें, जिनमें हमारी दिलचस्पी है, तो हम भयभीत, चिंतित और उदास होन से बच सकते हैं। मनोचिकित्सक डॉ। संजय गर्ग कहते हैं कि इन दिनों अवसाद की एक बड़ी वजह यह भी है कि लोग अपने इर्द गिर्द मौजूद दूसरे लोगों के प्रति दिलचस्पी नहीं रखते। जबकि अपने आसपास के माहौल के प्रति जागरूक रहने की आदत आपको डिप्रेशन से दूर रखती है।

सम्बन्ध मजबूत बनाती है जिज्ञासा– जिज्ञासु लोगों के वैवावहिक, प्रेम संबंध या मित्रता भी मजबूत होती है। विशेषज्ञ कहते हैं कि आजकल ज्यादातर विवाह संबंध इसीलिए टूट रहे हैं कि दंपत्ति एक दूसरे में दिलचस्पी खोने लगते हैं और बोर होने लगते हैं। जबकि खुशहाल जोड़े हमेशा एक दूसरे के प्रति दिलचस्पी रखते हैं। एनर्जेटिक होते हैं और लगातार बातचीत करने की चाहत रखते हैं। इनमें सेंस ऑफ ह्यूमर और आत्मविश्वास भी खूब होता है।उत्सुक स्वभाव के लोग वे हमेशा नए तथ्यों व नई सूचनाओं का ग्रहण करने के लिए तत्पर रहते

हैं। ऐसे लोग दूसरों को बेहतर तरीके से समझ पाते हैं, उनकी संस्कृति व विचारों को जानने समझने की ललक रखते हैं।

सफलता की राह खोलती जिज्ञासा— 'क्यूरियस? डिस्कवर द मिसिंग इंग्रीडिएंट टू अ फुलफिलिंग लाइफ' में लेखक टोड कशदान ने लिखा है कि जिज्ञासु होने के कई फायदे हैं। आपकी यह आदत आपको अजनबी लोगों से भी बातचीत करने के लिए प्रेरित करती है, जो सफलता के लिए एक बड़ा गुण है। क्योंकि अक्सर लोग नए लोगों से बात करने में कतराते हैं और झिझक महसूस करते हैं। ज्यादा लोगों से और अजनबी लोगों से बात करने से खुशी मिलती है और तरक्की के रास्ते खुलते हैं, यह अन्य कई मनोवैज्ञानिक भी समय समय पर कह चुके हैं।

क्या हुआ जो नहीं हुआ वैसा, आपने चाहा था जैसा

हम बहुत कुछ पाना या करना चाहते हैं, लेकिन सब कुछ वैसा कहां हो पाता है जैसा हम चाहते हैं? लगभग हर रोज ऐसा कुछ न कुछ जरूर होता है, जो हमारी उम्मीदों और चाहतों के विपरीत होता है, लेकिन इसका वजह से मूड ऑफ करना, उदास होकर वैठ जाना या मन में चिड़चिड़ापन लाना अपरिपक्व व्यक्तित्व की निशानी है।

मैच्योर और समझदार लोग जानते हैं कि दुनिया में परफेक्शन और श्योरशॉट जैसी कोई चीज नहीं होती, इसलिए वे इम्परफेक्शन और अनचाही परिस्थितियों में भी कुछ पॉजिटिव खोज लेते हैं और सहज रहते हैं।

केस 1– रष्मि और राधिका अपने–अपने परिवार के साथ कोलकाता से दिल्ली जा रही थीं। मुगलसराय के बाद ट्रेन अचानक एक जंगल में रुक गई। दोपहर के 3 बजे थे। मालुम हुआ कि आगे कोई एक्सीडेंट हो गया है कम से कम 4 घंटे ट्रेन यहीं खड़ी रहेगी। अब रष्मि लगी बड़बड़ करने। उसने रेलवे कर्मचारियों से लेकर रेलवे मंत्रालय तक को कोसा, फिर अपनी किस्मत को कोसने लगी। झुंझलाई हुई रष्मि थोड़ी देर बाद अपने बच्चों व पति से बात–बात पर झगड़ने लगी।

उधर राधिका ने जैसे ही यह सुना, वह चहककककर बोली, "ऐ लो जी! इसको कहते हैं डबल मजा। दिल्ली घूमने जा रहे थे, रब ने रास्ते में पिकनिक मनाने का चांस दे दिया। चलो जी नीचे पेड़ के नीचे बैठकर पार्टी–शार्टी करते हैं। इस हरियाली के बीच बैडमिंटन खेलते हैं। 2–3 घंटे तो यूं निकल जाने हैं चुटकियों में।"

केस–2– विनीता चाय बना रही थी अचानक दूध फट गया। एक पल के लिए तो वह परेशान हो गई कि अब मेहमानों को क्या दे? दोपहर को तो कहीं दूध मिलता भी नहीं। फिर चटपट उपाय सोचा और मेहमानों को नींबू पानी बनाकर दे दिया। फटे हुए दूध का पनीर बना

लिया और शाम को बच्चों को पनीर के पकौड़े खिला दिए। हो सकता है विनीता की जगह रष्मि होती तो अपना मूड ऑफ कर लेती।

केस–3 शालिनी आज अपने बैग में छाता डालना भूल गई और बारिश को इस बात की खबर लग गई। उसने बैग में टटोला, तो देखा छाता तो है ही नहीं। उसने कुछ सोचा और मुस्कुराई। फिर फटाफट बैग की जेब से एक पॉलिथिन निकाला, अपने ज़रूरी कागजात और मोबाइल उसमें भरे और चल पड़ी भीगते–भीगते। घर पर पतिदेव ने पूछा, ये क्या ? शालिनी बोली, अरे, आज बचपन याद आ गया। बारिश में भीगे लम्बा वक्त हो गया था। आज किस्मत में ये एंजॉयमेंट लिखा था, सो छाता घर में ही भूल गई।

रष्मि, राधिका, विनीता और शालिनी के साथ जैसा हुआ वैसा हम सबकी जिंदगी में हर रोज होता है। अब रष्मि जैसी महिलाएं चिढ़–चिढ़कुढ़ कर अपना मिजाज खराब कर लेती हैं, तो राधिका, विनीता और शालिनी जैसी महिलाएं इन परिस्थितियों में भी मौज मस्ती या कुछ अच्छा खोजकर खुश हो जाती हैं। फर्क तो सिर्फ नजरिए का है।

वाबी–साबी– जापान के प्राचीन दर्शन शास्त्र में एक टर्म है– वाबी–साबी। इसके तहत हमारी रोजमर्रा की जिंदगी के ऐसे इम्परफेक्शन को एंजॉय करने की सलाह दी जाती है। 'वाबी साबी: फॉर आर्टिस्ट्स, डिजाइनर्स, पोएट्स एंड फिलॉस्फर्स' के लेखक लियोनार्ड कोरेन कहते हैं, 'वाबी साबी थ्योरी इम्परफेक्शन व इनकंप्लीट चीजों को सराहती और पसंद करती है।

हर जगह खोजें आनंद–लाइफ कोच फरजाना सूरी कहती हैं, इस दुनिया में न तो कोई व्यक्ति और न ही कोई चीज परफेक्ट है। असल में परफेक्शन जैसा कुछ होता ही नहीं। हम इस शब्द को जितना पीछे छोड़ देंगे उतना ही हमारा दिल और दिमाग हल्के रहेंगे। आपको निगेटिविटी में पॉजिटिविटी खोजनी चाहिए। परफेक्शन की चाहत और इसकी खोज हमें एक असंतुष्ट व्यक्ति बना देती है, जो हमेशा उखड़ा–उखड़ा रहता है। इससे हमारे सामाजिक संबंधों व लोगों के साथ रिश्तों में भी खटास आ सकती है। क्योंकि परफेक्शन की परिभाषा हर किसी की अलग–अलग हो सकती है। जो आपके लिए परफेक्ट नहीं है, वही चीज उस व्यक्ति के लिए परफेक्ट हो सकती है, जिसने इसे बनाया है।

सनक न बने चाहत– परफेक्शन की चाहत तब एक सनक का रुप ले लेती है जब आप अपनी हर चीज को घंटों का कीमती समय लगाकर भी ऊपर से सजाने में जुट जाते हैं। जैसे अपनी फोटो को फोटोशॉप या अन्य एप से आकर्षक बनाना, ड्रेस में कमी खोज–खोजकर उसे दूर करना, चेहरे पर मौजूद एक–एक रोएं को हटाना आदि। इससे सिर्फ वक्त की बर्बादी होती है। जबकि वाबी–साबी के सिंद्धात पर चलकर आप अपना मूड हल्का रख सकते हैं और काफी समय भी बचा सकते हैं।

इनका कहना है–

अपूर्णता सौंदर्य है, जरा सा पागलपन बुद्धिमत्ता है और बोरिंग होने की बजाय थोड़ा सा बेढब होना ठीक है– मर्लिन मुनरो

हल्की सी कमी के बिना सच्चा सौंदर्य नहीं हो सकता– जेम्स साल्टर

मेरा मानना है कि कमियां आपके सौंदर्य में इजाफा करती हैं। मुझे परफेक्ट नहीं इम्परफेक्ट होना अच्छा लगता है– सोनम कपूर

अपूर्णता या कमी में एक प्रकार का सौंदर्य है– कोनराड हाल

परफेक्शन अपने आप में एक इम्परफेक्शन (कमी) है– व्लादीमीर होरोविट्ज

१०० शिकायतें दूर कर सकता है एक मासूमियत भरा सच्चा 'सॉरी'

अपने जीवनसाथी के साथ लगातार रहते हुए उनके साथ कई बार छोटी मोटी खटपट हो जाना या हमारी किसी गलती से उनका नाराज हो जाना एक सामान्य सी बात है। कई बार ये छोटी–छोटी शिकायतें या नाराजगियां ही सही ढंग से टैकल न करने पर बड़े मतभेद और रिश्ते की कड़वाहट का सबब बन जाती हैं। लेकिन जरा सी व्यवहारकुशलता और मीठी–नरम व ईमानदार माफी से इन शिकायतों को दूर करके रिश्तों की स्निग्धता और माधुरी को फिर से कायम किया जा सकता है–

कोई प्यारी सी बात कहें या लिखें– आपका जीवनसाथी अगर नाराज है, तो आप एक कागज पर उनके लिए कुछ अच्छी बात लिखें। चाहे यह कोई फिल्मी गीत हो या कोई प्यारी सी कविता हो, या आपका बनाया कोई क्यूट सा कोट हो लेकिन जेनुइन लगे, बनावटी नहीं। इस नोट को आप ऐसी जगह रखें कि उनकी नजर जरूर पड़े। अपनी प्रशंसा और अपने बारे में अच्छी बातें हर कोई सुनना या पढ़ना चाहता है। इसलिए यकीन मानिए इसे पढ़ने के बाद उनके तेवर काफी ढीले पड़ जाएंगे और चेहरे पर खिंचाव की रेखाएँ गुम होकर एक मंद मुस्कान आ जाएगी।

कभी–कभी बिना वजह भी अपनी गलती मान लें– कपल के आपसी झगड़े में दोनों एक दूसरे को ही दोषी समझते हैं। ऐसे में 'ब्लेम गेम' खेलने से झगड़ा बढ़ जाएगा। सचमुच सुलह करना चाहें तो बेहतर यह होगा कि एक बार विवाद की पूरी जिम्मेदारी आप अपने ऊपर ले लें और फिर जीवनसाथी से 'सॉरी' कहते हुए वादा करें कि अब आप उसके साथ दोबारा इस बात पर झगड़ा नहीं करेंगी। अगर गलती आपके जीवनसाथी की है, तो एक बार गुस्सा शांत होने उसे खुद ही यह बात समझ में आ जाएगी कि गलती उसी की थी। और फिर वह खुद खेद जताएगा।

जारी रहे आपकी कोशिश– यह कत्तई ज़रूरी नहीं है कि आपने 'सॉरी' कहा और जीवनसाथी सारी बातें भूल कर मुस्कुराने लगे। विवाद अधिक हुआ है, तो बर्फ पिघलने में थोड़ा वक्त लगेगा। लेकिन लगातार छोटी–छोटी कोशिशें करती रहें। उन्हें कोई जोक सुनाकर हंसाने की कोशिश करें, किसी रिश्तेदार की कोई नई बात बताएं, अचानक गुदगुदी करें या हग करें। अगर वो सामने नहीं हैं, तो उन्हें व्हाट्सएप पर गुदगुदाने वाले कोट्स या जोक्स भेजें। स्माइली या कार्टून जिफी भेजें। कुछ मिलाकर उन्हें लगना चाहिए कि आप उन्हें मनाने की कोशिश कर रही हैं। इससे उनका मूड धीरे–धीरे सामान्य होने लगेगा।

किसी नजदीकी रिलेटिव को बनाएं मैसेंजर– झगड़ा बड़ा है और आप सचमुच उसे खत्म करना चाहती हैं तो किसी म्युचुअल फ्रेंड या रिलेटिव को अपना मैसेंजर बना सकती हैं। उनके मार्फत कुछ अच्छी बातें और सच्ची माफी को पार्टनर तक पहुंचाएं। इससे देर सबेर बात बन ही जाएगी। बस आपका मैसेंजर भरोसेमंद और सज्जन हो।

सौरी वाया सरप्राइज– नाराज जीवनसाथी को खुश करने के लिए उन्हें कोई सरप्राइज दें। जैसे उस शाम उनकी पसंदीदा डिश बनाएं। उनके साथ बैठकर डिनर लें। झगड़े की बात से इतर कोई उनके इंटरेस्ट की नई सुचना दें। इधर उधर की बातें करें। बातों ही बातों में उन्हें कॉम्प्लीमेंट दें। उन्हें सब समझ में आएगा कि आप उन्हें पैम्पर करने की कोशिश कर रही हैं और वे ऊपर से नाराजगी या तटस्थता जताते हुए भी भीतर ही भीतर पिघल रहे होंगे। बातों के दौरान ही मासूम सा चेहरा बनाकर आंखों में आंखें डालकर दोनों हाथों से कान पकड़कर धीरे से कहें, 'सॉरी'। बस बात बन जाएगी।

नकली जिंदगी को संवारने के लिए असली का कर रहे कबाड़ा

हमारी आत्मुमग्धता सिरचढ़ कर बोलने लगी है। कुछ समय पहले तक कोई भी व्यक्ति अपनी छोटी मोटी उपलब्धताओं का बखान खुद नहीं करता था। कोई बड़ा सम्मान या उपलब्धि हासिल होती और लोग प्रशंसा करते तो भी सम्मानित व्यक्ति बड़े संकोच से लोगों का धन्यवाद अदा करता। आज हालात ऐसे हैं कि हम अपनी जिंदगी की छोटी से छोटी बात या उपलब्धियों को इतराकर और बढ़ा चढ़ाकर फेसबुक, ट्विटर अकाउंट या इंस्टाग्राम जैसे सोशल मीडिया पर 24 x 7 की गति से लोड करते चले जाते हैं। हमने अपनी निजी जिंदगी में शायद ही कुछ ऐसा छोड़ा हो, जो हमारा निजी रह गया हो।

गढ़ रहे अपनी बड़ी तस्वीर– हालात ऐसे हैं कि हम ज्यादा से ज्यादा प्रशंसा यानी लाइक्स और कमेंट्स हासिल करने के लिए अपनी झूठी छवि यानी लार्जर दैन लाइफ तस्वीर गढ़ रहे हैं। खुद को बहुत ज्यादा स्मार्ट, सफल, खूबसूरत और सम्मानित व्यक्ति दर्शाने के लिए हम अपनी असली जिंदगी से समझौता करने लगे हैं। दिन रात अपनी विशाल और प्रभावित करने वाली छवि गढ़ने के लिए हम नए–नए आयडिया सोचते रहते हैं और इस जिद में अपनी असली जिंदगी के कर्तव्य और कई ज़रूरी कामों की बलि चढ़ाते रहते हैं। एक परफेक्ट वर्चुअल जिंदगी ही मानो हमारे जीवन का असली मकसद बन गई हो। इसमें सफलता न मिलने पर मन ही मन कुढ़न होती है। अमरीकन साइकिएट्रिक एसोसिएशन के मुताबिक लगातार अपनी प्रोफाइल पिक अपडेट करना और लोगों को इम्प्रेस करने के लिए लाइफ स्टाइल बदलना भी एक प्रकार का ऑब्सेशन है।

कम हो रही है कार्यक्षमता– इन्स्टाग्राम पर वीडियो और फोटो शेयर करने का क्रेज भी हदें पार कर रहा है। इसके यूजर सुन्दर दिखने के लिए कुछ भी करने के लिए आतुर रहते हैं। आंकड़े बताते हैं कि इस वक्त दुनिया में ८० करोड़ लोग इस सोशल प्लेटफौर्म का इस्तेमाल कर रहे हैं। जिनमें ६० फीसदी से ज्यादा लड़कियां हैं। आपको यह जानकर ताज्जुब होगा कि इन्स्टाग्राम के प्रयोग में भारत दुनिया भर में दूसरे नम्बर पर है। पहला नम्बर अमरीका का है। युवक इन्स्टाग्राम पर

सुंदर युवतियों के फोटो और वीडियो देखने में व्यस्त रहते हैं और आत्ममुग्ध लड़कियां खुद को सुंदर दिखाने के लिए न सिर्फ फोटो एडिटिंग में वक्त जाया करती हैं बल्कि अपने बनाव–श्रृंगार में पैसा भी खर्च करती हैं। जाहिर है, इसकी वजह से नयी पीढ़ी की कार्य क्षमता और कार्य कुशलता पर विपरीत असर पड़ रहा है। कोलकाता के फोर्टिस अस्पताल में वरिष्ट मनोचिकित्सक संजय गर्ग बताते हैं कि बीते दस सालों में सोशल मीडिया प्लेटफॉर्म का इस्तेमाल बेतहाशा बढ़ा है। इसका पॉजिटिव पहलू यह है कि यह आपको दुनिया भर के लोगों से जुड़ने, उनकी अच्छी एक्टिविटीज से रूबरू होने और देश दुनिया की खबरों से तेजी से रूबरू करवाता है। लेकिन जैसा कि हर अच्छी चीज का एक बुरा पक्ष भी होता है, इसके अत्यधिक इस्तेमाल ने लोगों की प्रोडक्टिविटी कम की है।

बना मेंटल प्रेशर का सबब– व्यवहार विशेषज्ञ कहते हैं, 'आज की दुनिया में सफलता हासिल करने के लिए आपको खुद अपना ब्राण्ड एम्बेसडर बनना पड़ता है और सोशल मीडिया पर अच्छे खासे फॉलोवर्स रखने पडते हैं। जाहिर है इस कोशिश में हमारे डिजिटल फुटप्रिंट हमारी पर्सनैलिटी प्रोफाइल का अहम् हिस्सा बनते जा रहे हैं। इससे हम पर अपनी वर्चुअल इमेज जैसा बनने का प्रेशर बढ़ रहा है। नतीजतन हम उदास, एग्रेसिव और थके हारे से रहने लगे हैं। अपनी पुस्तक 'वर्चुअली यूः द डेंजरस पॉवर्स ऑफ द ई पर्सनैलिटी' ने लेखिका एलियास अबूजाउद ने लिखा है, 'हम एक ऐसे युग में जी रहे हैं जहां लोग अपनी जिंदगी का संपादित, बढ़ा चढ़ा हुआ और आदर्शवादी संस्करण दिखाने के लिए मरे जा रहे हैं। सब कुछ अच्छा अच्छा ही दिखाया जा रहा है।' कई बार तो यह झूठ हम पर इतना हावी हो जाता है कि हम खुद ही अपने आपको एक महान इंसान समझते लगते हैं और उम्मीद करते हैं कि वर्चुअल दुनिया में जैसे लोग हमारी वाह–वाही करते हैं और एक से बढ़कर एक कमेंट करते हैं वैसा ही हमारी असली जिंदगी में हमसे रोजाना रूबरू होने वाले लोग भी करें। जब ऐसा नहीं होता तो हम या तो लोगों से नाराज रहने लगते हैं या फिर हताश, क्रोधित और उदास रहने लगते हैं। यूके की लैंकास्टर यूनिवर्सिटी के अनुसंधानकर्ताओं ने 14 देशों के 35000 प्रतिभागियों पर किए अध्ययनों का विश्लेषण करने के बाद पाया कि फेसबुक डिप्रेशन का सबब बन सकती है। ये सभी लोग 15 से 88 वर्श आयु वर्ग के थे। शोधकर्ताओं ने पाया कि अक्सर लोग अपने फेसबुक

मित्रों की तरह–तरह की प्रशंसा वाली पोस्ट देखकर तुलनात्मक हीनता के शिकार हो जाते हैं, जो डिप्रेशन का सबब बन जाती है।

उलझ रहे बेवजह की कम्पीटिशन में– कई बार फेसबुक, ट्विटर या इंस्टाग्राम पर लोगों को अत्यधिक एक्टिव, सफल और प्रशंसित होता देख हमें ईर्ष्या का अनुभव भी होता है और हम बेवजह ही एक ऐसी कंपीटीशन में उलझ जाते हैं जिसकी न कोई जरूरत होती है और न ही कोई मकसद। इस फिजूल कंपीटीशन में हमारी व्यस्तता हमें रोजमर्रा की असली जिंदगी में वर्कप्लेस और घर की जिम्मेदारियों से विमुख करने लगती है। नतीजतन हम पिछड़ने लगते हैं। एक लेटेस्ट रिसर्च में पाया गया है कि अगर आप अपनी प्रोफाइल पिक्चर बार–बार बदलते हैं तो यह एक अस्थिर दिमाग की निशानी है। इसी तरह फेसबुक पर अपनी रिलेशनशिप का ढोल पीटना और उसे बढ़ा–चढ़ाकर बताना अपरिपक्वता की निशानी है और राजनीति के बारे में अनापशनाप पोस्ट लिखना आत्ममुग्धता की निशानी है।" शेयर दिस! हाऊ यू विल चेंज द वर्ल्ड विद सोशल नेटवर्किंग" की लेखिका और मीडिया टेक्नोलॉजी एक्सपर्ट डियाना जेंड कहती हैं, "अक्सर दूसरों के अच्छे अच्छे पोस्ट हमें अपसेट कर देते हैं और हमें लगता है कि जैसे कोई चीता हमारा पीछा कर रहा है और वह हम पर अभी हमला कर देगा।" यह एक प्रकार का ईर्षयाभाव है जो हमारे मन में डर की अनुभूति भी पैदा करता है।

असली जिंदगी में उठा रहे नुक्सान– समझदार लोग तो जल्दी समझ जाते हैं लेकिन ज्यादातर लोगों को दिखावे की इस प्रवृत्ति और लाइक्स व कमेंट्स के दीवानेपन के नुक्सान तब समझ में आते हैं जब वे अपना काफी नुक्सान कर चुके होते हैं। और अपनी वास्तविक जिंदगी में काफी कुछ खो चुके होते हैं।

इस प्रवृत्ति की मूल वजह है यंग जेनरेशन में धैर्य की कमी और रातों रात शोहरत कमाने का लालच। नयी पीढ़ी अपनी इमोशंस के प्रति तुरंत प्रतिक्रिया चाहती है। इन्हें फास्टफूड की तरह फास्ट कम्युनिकेशन और फास्ट रिएक्शन चाहिए जैसे ट्वीट का रीट्वीट, व्हाट्सऐप मैसेज की फारवर्डिंग, फेसबुक पर दनादन लाइक्स और कमेंट्स आदि। इससे इनका ईगो सैटिस्फैक्शन होता है। लेकिन किसी की नकारात्मक टिप्पणी या लाइक्स न मिलने से मूड भी जल्दी ही उखड़ जाता है।

फेसबुक से दूरी आपको देगी खुशी की सौगात

डेनमार्क के मनोविज्ञानी मोर्टेन ट्रोमहोल्ट द्वारा लिखे गए रिसर्च पेपर 'दी फेसबुक एक्सपेरिमेंट' में उन्होंने लिखा है कि फेसबुक से अगर आप एक हफ्ते तक दूरी बना लेते हैं, तो आप पहले की तुलना में ज्यादा खुशी महसूस करेंगे। ट्रोमहोल्ट ने फेसबुक पर 1095 लोगों को इस सर्वे के लिए काम पर लगाया। 'ट्रीटमेंट ग्रुप' को एक हफ्ते के लिए अपने स्मार्टफोन से फेसबुक इंस्टालेशन हटाने को कहा गया, जबकि 'कंट्रोल ग्रुप' फेसबुक पर ऑपरेट करता रहा। बाद में पूछताछ और अध्ययन में पाया गया कि ट्रीटमेंट ग्रुप ने पॉजिटिव इमोशंस और जीवन से संतुष्टि महसूस की। यह स्टडी डिस्कवर मैगजीन डॉट कॉम में प्रकाशित हुई है।

फेसबुक! जरा संभलकर

केलिफोर्निया विष्वविद्यालय के शोधकर्ता आमंडा फोरेस्ट एवं वाटरलू विष्वविद्यालय के जोवन उड ने इसे आत्मविश्वास को नुकसान पहुंचाने वाला बताया है। 'साइकोलॉजिकल साइंस' पत्रिका में प्रकाशित इस शोध में कहा गया है कि कम आत्मविश्वासी लोग ही फेसबुक का ज्यादा सहारा लेते हैं और अपनी बातों को फेसबुक पर शेयर करके खुद को सुरक्षित महसूस करते हैं।

और ये व्हाट्सएप एडिक्शन के लक्षण हैं

♦ अगर आप व्हाट्स एप का इस्तेमाल उपयोगी मैसेज या तस्वीरों के आदान–प्रदान के लिए करते हैं या अपने मित्रों व परिजनों के साथ जुड़े रहने के लिए करते हैं, तो अच्छी बात है, लेकिन अगर आपको इसका नशा लग गया है, तो एलर्ट हो जाएं –

♦ जब भी आप कोई तस्वीर लेते हैं, तो उसे व्हाट्स एप पर ज़रुर डालते हैं।

♦ किसी परिचित के पास व्हाट्स एप नहीं है, तो आप उसके 'पिछड़ेपन' का मजाक उड़ाते हैं और खीझ उठते हैं।

♦ नजदीक बैठे फ्रैण्ड्स या परिजनों को भी व्हाट्स एप पर मैसेज भेजते हैं।

♦ आप सुबह व्हाट्स एप नोटिफिकेशन के साथ उठते हैं।

♦ आप कई ग्रुप्स में मेंबर हैं और कभी–कभी गलती से दूसरे ग्रुप को मैसेज भेज देते हैं।

♦ कोई आपके मैसेज का एक–दो मिनट में जवाब न दे, तो आप परेशान हो उठते हैं।

♦ आपने व्हाट्स एप नोटिफिकेशन को 'वाइब्रेट' पर भी सेट कर रखा है और हर दस सेकंड में 'बीप–बीप' का आवाज भी आती रहती है।

♦ आपने अपने होम स्क्रीन, दूसरे एप्स और फोल्डर्स तक में व्हाट्स एप का शौर्टकट डाल रखा है।

♦ यह पढ़ते वक्त अगर आपको एक बार भी यह लगा हो कि आप ऐसा करते हैं तो यकीन मानें आप व्हाट्स एप एडिक्ट हैं।

अगर प्रभावित होने लगी है रुटीन

अगर सोशल मीडिया के कारण आपकी असली जिंदगी प्रभावित होने लगी है तो आपको इन उपायों पर तुरंत अमल करना चाहिए–

♦ 'जहाँ तक सम्भव हो, सोशल एप्स से दूर रहें।

♦ 'वर्कप्लेस पर सोशल मीडिया अकाउंट पर लॉग इन न करें।

♦ 'अनावश्यक पोस्ट न करें।

♦ 'सोशल मीडिया के माध्यम से दूसरों की जिंदगी में झांकना छोड़ दें।

♦ 'लाइक्स और कमेंट्स की संख्या को अपने आत्मसम्मान से जोड़कर न देखें।

मनोविज्ञानी कहते हैं," आपको अपनी वास्तविक जिंदगी पर पकड़ ज्यादा मजबूत बनानी चाहिए और वर्चुअल इमेज की सीमाओं व व्यर्थताओं को समझना चाहिए।

जब आप परेशानी के दौर से गुजर रहे हों

हम सब की जिंदगी में कभी न कभी एक दौर ऐसा आता है, जब सब कुछ हाथ से फिसलता नजर आता है। हर कहीं से निगेटिव खबरें ही मिलती हैं। बिजनेस या प्रोफेशनल लाइफ में सब कुछ चौपट सा होता चला जाता है। हेल्थ से जुड़ी समस्याएं सिर उठाने लगती हैं, लोगों के साथ संबंधों में खटास आ जाती है और घर में भी खिटपिट सी चलने लगती है। ऐसे वक्त में परेशान न होकर खुद को शांत और संयत रखना बेहद ज़रूरी है।

जिंदादिली में कमी न हो– कई रिसर्च साबित कर चुके हैं कि जिन लोगों में अच्छा सेन्स ऑफ ह्यूमर होता है, वे हर मुश्किल का आसानी से मुकाबला कर लेते हैं। आपको अपने परिचितों के साथ गप–शप और हंसीठट्ठा करते रहना चाहिए, इससे आपका मूड हल्का रहता है और टेंशन कम होता है। आपका मेलजोल जितने ज्यादा लोगों के साथ है और आपका सोशल सर्किल जितना बड़ा है, जीवन में आपको उतना ही आगे बढ़ने में मदद मिलती है।

अपनी जरूरतें कम करें– जिंदगी में 'सब कुछ' हासिल करने के चक्कर में कई बार 'कुछ भी' नहीं मिल पाता है। पूरी दुनिया से मिनिममलिज्म का ट्रेंड जोर पकड़ रहा है। इसमें आपको अपनी जरूरतों को कम करना पड़ता है। अगर आप छोटे घर में जा सकते हैं, अपना वार्डरोब कम कर सकते हैं, अपनी सारी चीजों को दान कर सकते हैं तो आप जिंदगी भी अच्छी तरह से गुजार सकते हैं और खुश भी रह सकते हैं।

अच्छी किताबें पढ़ें– अच्छी किताबें आपका फोकस निगेटिविटी से बदल कर पोजिटिविटी की ओर ले जाती हैं। अन्ना हजारे ने लिखा था कि वे एक बार जिंदगी से हताश होकर आत्महत्या करना चाहते थे लेकिन इस बीच उन्होंने स्वामी विवेकानंद की किताब पढ़ ली और अपना इरादा बदल दिया। इसलिए हमेशा अच्छी किताबें पढ़नी चाहिए।

इसके लिए आपको अपने पास हमेशा कुछ मोटिवेशनल और सेल्फ हेल्प बुक्स अपने पास रखनी चाहिए।

अपने काम को जॉयफुल बनाएं– हर काम को जॉयफुल और आसान बना लें। अगर कोई काम जटिल और बड़ा है तो उसे छोटे टुकड़ों में तोड़ें। फिर सबसे पहले उसमे से ऐसा काम चुनें, जो आपको सबसे ज्यादा पसंद है। कोई मेहनत वाला काम कर रहे हैं तो उसे करते हुए पसंदीदा गाना सुनें। ऑफिस में बॉस से शाबाशी या इन्क्रीमेंट मिले तो रिवार्ड के रूप में खुद को ट्रीट दें और डांट पड़े तो मूड हल्का करने के लिए अपने मनपसंद रेस्टौरेंट में स्नैक्स और कॉफी लें। फिर अच्छे मूड से घर जाएं। वरना घर पर सबसे खटपट होगी। जब आप अपने दिमाग को जॉयफुल एक्टिविटी मे लगाए रखते हैं तो कोई परिस्थिति कठिन नहीं रह जाती।

दूसरों पर न थोपें अपनी असफलता– आपके जीवन में जो भी हो रहा है, उसकी जिम्मेदारी स्वयं लें। अपनी असफलताओं व बुरे वक्त के लिए किसी दूसरे को दोषी न ठहराएं। दूसरों को दोष देने से समाधान तो कुछ होता नहीं बल्कि लोगों के साथ आपके रिश्ते जरूर बिगड़ने लगते हैं जिससे स्थिति बनने की बजाय बिगड़ने का डर ज्यादा होता है। जबकि जब आप खुद जिम्मेदारी लेते हैं तो आपको स्थिति से उबरने के लिए नए आयडिया और सोल्यूशन सूझने लगते हैं।

अगर कुछ नयापन चाहते हैं जिंदगी में

कई बार हम एक जैसी जिंदगी जीते जीते ऊब जाते हैं। ऐसे में जिंदगी में कुछ नयापन लाने की इच्छा होती है, लेकिन सूझता नहीं कि क्या किया जाए। आइए हम सुझाते हैं कुछ उपाय–

सैर सपाटा कीजिए– एक ही शहर में, एक ही घर में रहते रहते ऊब जाना स्वाभाविक बात है। आपको जब भी ऐसा महसूस हो किसी दूसरे शहर में सैर सपाटे के लिए निकल पड़िये। इसके लिए आपको बहुत दूर और ज्यादा खर्च करके जाना पड़े यह भी ज़रूरी नहीं। अपने आसपास के किसी तीर्थ स्थल या पर्यटन स्थल के लिए भी आप 2 या 3 दिन के लिए या हफ्ते भर के लिए जा सकते हैं। इससे आपका मन एक नई ताजगी से भर उठेगा।

रूटीन बदलिए– एकरसता से उबरने के लिए आपको बीच–बीच में दिनचर्या बदल लेनी चाहिए। सुबह जागने का समय बदलिए, मॉर्निंग वॉक का एरिया बदलिए, ऑफिस जाने का रास्ता बदलिए और साधन भी बदलिए। सुबह का नाश्ता बदल कर देखिए, अपना दैनिक अखबार बदल कर देखिए आपको काफी बदलाव और ताजगी महसूस होगी।

अपनी आत्मकथा लिखिए– एक नई डायरी लीजिए और उसमें अपनी आत्मकथा लिखना शुरू कीजिए। रोज कम से कम 30 से 45 मिनट तक अपनी जिंदगी के बारे में सोचते हुए जब आप आत्मकथा लिखेंगे तो आप हर रोज एक नए एहसास से गुजरेंगे। पुरानी बातें याद करते हुए आपको बहुत सारे अच्छे बुरे लोग और अच्छी बुरी खट्टी मीठी घटनाएं याद आएंगी।

अपना गेटअप बदलिए– अगर आपने कई वर्शों से अपनी हेयर स्टाइल, कपड़े पहनने का अंदाज और गेट अप चेंज नहीं किया है तो अब इस पर विचार करें। अपनी नजर के चश्मे का पुराना फ्रेम चेंज करके जरा स्टाइलिश और नई ट्रेन्ड का फ्रेम लें। लगातार साड़ियां

और सलवार सूट पहनती रहीं हैं तो वेस्टर्न ड्रेस पहनें। वेस्टर्न पहनती रही हैं तो ट्रेडिशनल कपड़े पहन कर देखें। कुछ नए कपड़े, जूते, धूप का चश्मा, ऐसेसरीज, हेयर बैंड, स्मार्टफोन आदि खरीदें और खुद को जरा बदल लें। यकीन मानिए मजा आ जाएगा।

खानपान में नया ट्राई करें– आप सुबह शाम वही दाल– रोटी, चावल खाती रही हों तो हफ्ते भर के लिए खानपान का पूरा मेनू बदल कर देखिए। साउथ इंडियन ट्राई कीजिए, मोमो खाइए, पंजाबी छोले भटूरे अमृतसरी कुल्चा खाइएए गुजराती महाराष्ट्रीयन राजस्थानी ट्राई कीजिए, लिट्टी–चोखा, बंगाली खिचड़ी और आलू दम खाइए। ज़रूरी नहीं कि आप हर चीज खुद बनाएं या यह भी ज़रूरी नहीं कि आप सारी चीज बाजार से मंगाएं। यू ट्यूब की मदद से घर पर बनाएँ या रेस्तराँ में जाकर खाइए। कुछ नया आजमा कर देखिए, जिंदगी में कुछ नयापन आ जाएगा।

बचपन के दिन भी क्या दिन थे

क्या यह सही नहीं है कि जिम्मेदारियों के बोझ से व्यथित होकर अक्सर हम अपने बचपन के दिनों की मस्ती, बेपरवाही और उन दिनों से जुड़ी कुछ खास चीजों को याद करके अक्सर उदास हो जाते हैं और अनायास ही बोल पड़ते हैं, 'बचपन के दिन भी क्या दिन थे, उड़ते फिरते थे तितली बन।'

कई बार मन में ऐसा भी आता होगा –

सब के सपनों को साकार करने में,

दुनिया की उम्मीदों पर खरा उतरने की कोशिश में,

थक गया हूं मैं।

फिर से बच्चा बना दो भगवन,

मैं भी किसी की उंगली थामना चाहता हूँ।

वाल्ट डिजनी ने कहा था, 'इस दुनिया की मुश्किल यह है कि बहुत सारे लोग बड़े हो गए हैं।'

इस दुनिया में शायद ही कोई शख्स होगा जो अपने बचपन के दिनों में लौट जाने की ख्वाहिश ना रखता होगा, जब जिम्मेदारियां कम थी और खुशियां अशेष। होमवर्क को झटपट पूरा किया और यह गए वह गए कॉलोनी के पार्क में, मकान की छत पर या अपनी बालकनी में। कभी मिट्टी में लथपथ हुए, तो कभी बारिश के पानी में भीगे। बाजार से गेंद नहीं ला पाए तो रद्दी कागजों का गोला सही। खेलने को महंगे खिलौने ना हो तो कागज की नाव या पतंग ही सही। बस मस्ती चाहिए थी। हर कीमत पर। आप चाहें तो आज भी अपने बचपन वाली उम्र भले वापस ना ला सकें लेकिन 40– 50– 55 के होने के बावजूद दिल बचपन का ला सकते हैं। इससे न सिर्फ आपको अनूठी खुशी मिलेगी बल्कि स्ट्रेस लेवल भी कम होगा।

क्रिएटिव हॉबी अपनाएँ– याद कीजिए बचपन में हम कितने क्रिएटिव होते थे। हमारे पास हर चीज का विकल्प था। माचिस या सिगरेट की बेकार डिब्बियों से टीवी बना लेते थे। अखबारों या पत्रिकाओं से कटी तस्वीरों को एक के बाद एक चिपकाकर लंबा करना फिर उनके दोनों सिरे 2 तिनकों में लपेटना। फिर सिगरेट की डिब्बी बीच से काटकर स्क्रीन बनाकर तिनके घुमाते हुए अलग–अलग तस्वीरें देखना। एक रुपए के लट्टू या ½ की गेंद से दिनभर मस्ती करना। कागज की नाव बनाकर उसे किसी पात्र में या बरसात के पानी में चलाना। चित्रकारी, डांस, कॉमिक्स पढ़ना, किसी गीत की पैरोडी बनाकर उसे गुनगुनाना हमें कितना प्रफुल्लित करता था। अब भी क्या बिगड़ा है! अब भी आप कोई ऐसी क्रिएटिव एक्टिविटी अपनाएँ जो आपको खुशी दे। कुकिंग, डांसिंग, सिंगिंग, ड्राइंग कुछ भी कीजिए ताकि कुछ देर अपनी जिम्मेदारियों को भूल कर उस में व्यस्त हो जाएं।

टूटे बर्तन को खिलौना बना लेते हैं,

हम बच्चे हैं हर जगह आशियाना बना लेते हैं।

अगर इसी सिद्धांत पर आज भी चलें तो आप खुश रहेंगे।

खुद को दें नॉस्टैल्जिया ट्रीट– अगर आप संयोगवश अभी उसी शहर में रहते हैं जहां आपका जन्म हुआ और बचपन बीता तो कभी उस गली या मोहल्ले में जाइए जहां आपने बचपन बिताया और इन दिनों को शिद्दत से याद कीजिए। उस मकान के लोगों से मिलिए जहां आप रहते थे। उनसे खूब गपशप कीजिए। अगर आपका शहर बदल गया है तो भी कोई बात नहीं आप गूगल या यूट्यूब की मदद से उस मोहल्ले, पार्क या स्कूल को देख सकते हैं, जहां आपने बचपन बिताया। या फिर फेसबुक के माध्यम से अपने बचपन के दोस्तों को ढूंढ कर उनसे बातचीत कर सकते हैं। आपके पास बचपन की तस्वीरों का एल्बम हो तो उन तस्वीरों को देखिए और एक एक तस्वीर से जुड़ी बातें याद कीजिए। किसी की लिखी ये पंक्तियाँ याद कीजिए –

नंगे पांव दौड़ते थे उस बचपन में

बढ़ते तजुर्बे ने पैरों में चुभन का एहसास करा दिया

वह टॉफी खाइये जो आपको खूब पसंद हुआ करती थी। उस मिठाई की दुकान तक पहुँचिये जहां के समोसे, कचोरी आप बड़े चाव से खाते थे। आप कुछ देर के लिए ही सही अपने बचपन में पहुंच जाएंगे।

छोड़िए जमाने की परवाह– किसी ने क्या खूब लिखा है,

झूठ बोलते थे फिर भी कितने सच्चे थे हम

यह उन दिनों की बात है जब बच्चे थे हम।

आपने देखा होगा कि बच्चों को जो पसंद आता है वे उसे पूरी मस्ती के साथ करते हैं। चाहे खेलना कूदना हो, गाना हो या नाचना हो। उन्हें इस बात की बिल्कुल परवाह नहीं रहती कि कोई क्या सोचेगा या क्या कहेगा। उनका पूरा ध्यान सिर्फ अपनी खुशी और मस्ती में होता है। आपको भी बिल्कुल वही बेपरवाही अपनानी होगी। अपने हमउम्र दोस्तों के साथ ठहाके मार हंसना, चुटकुले सुनाना, डांस करना जो अच्छा लगता हो करें या घर के छोटे बच्चों के साथ पूरी तरह बच्चे बनकर खूब खेलें। यकीन मानिए आप अपनी उम्र काफी कम महसूस करने लगेंगे। मनोविज्ञान संजय गर्ग कहते हैं, हम वयस्क होकर भी बच्चों जैसी मस्ती कर सकते हैं इसके लिए बनावटी कंफर्ट जोन से बाहर आकर वास्तविक कंफर्ट जोन में जाने के लिए मेंटली प्रिपेयर होना पड़ेगा।

अम्युजमेंट पार्क में जाइए– अपने बचपन को लौटाने के लिए आज के जमाने में बेस्ट प्लेस हैं एम्यूजमेंट पार्क। अम्यूजमेंट पार्क में छोटे बच्चों को खेलते देखकर आपको अपना बचपन याद आ जाएगा। फिर तरह–तरह के राइड्स का आनंद लेना, वहां घूमना फिरना और मस्ती करना आपके अंतर्मन को पूरी तरह खुश कर देगा। राइड्स के साथ–साथ यहां मिलने वाले फूड्स भी इंजॉय करना ना भूलें।

सुकून के लिए बहुत ज़रूरी है जिंदगी को जानना (जोश और जुनून का नाम है जिंदगी)

हमारी जिंदगी में एक दौर ऐसा आता है जब हम खुद को बेहद पिछड़ा हुआ, जमाने का सताया हुआ और हारा हुआ महसूस करने लगते हैं। मन में सिर्फ नकारात्मकता के ही भाव आते हैं। कई बार तो ऐसा भी लगता है कि हमारा जीना ही बेकार है और हमें असल में जीने की कला आती ही नहीं। अगर आप भी निराशा के ऐसे दौर से गुजर रहे हैं या खुद को हारा–नकारा महसूस करते हैं तो आपको यह लेख जरूर पढ़ना चाहिए–

क्या हुआ जो हार गए?– किसी ने बहुत अच्छी बात कही है, "गिरने का जोखिम उठाए बिना तो आप खड़े भी नहीं रह सकते।" इसलिए असफलता, हार जाने या रिजेक्ट कर दिए जाने के डर से किसी काम से दूर ना भागें। अपनी जिम्मेदारियों और कर्तव्यों को पूरी शिद्दत से निभाएं। अड़चनों, अस्वीकृतियों और मुसीबतों का मुकाबला अपनी पूरी बौद्धिक क्षमता और मेहनत के साथ करें। अगर कुछ लोग आपका विरोध कर रहे हैं या आपके खिलाफ षड्यंत्र कर रहे हैं तो जानेमाने उद्योगपति रतन टाटा की इन पंक्तियों को समझें– "उन पत्थरों को उठाइए जो लोग आप पर फेंकते हैं और उनका इस्तेमाल करके स्मारक खड़ा कर दीजिए।" हम सबको समस्याएं झेलनी पड़ती हैं लेकिन जो इन्हें सुलझाने की कोशिश करते हैं, वे आगे बढ़ जाते हैं और जो इन से डर जाते हैं वे इनके जाल में उलझ कर रह जाते हैं।

खुद को निरंतर तराशिये– अगर आप खुद को तराशने और आगे बढ़ने के जतन नहीं करेंगे तो ताउम्र अनाम, असफल और अभाव में रह जाएंगे। सद्‌गुरु जग्गी वासुदेव ने कहा है, "इंसान एक बीज की तरह है या तो आप इसे वैसे ही रख सकते हैं जैसा वह है या फिर आप इसे फूलों और फलों से लदे एक अदभुत पेड़ के रूप में विकसित कर सकते हैं। जाहिर है भगवान ने आपको सारे गुण दिए हैं अब उन्हें पुष्पित–पल्लवित आपको अपनी मेहनत से ही करना है।

बुरी बातें भूलिए– हर आने वाला कल जिंदगी जीने का दूसरा मौका है इसलिए बीते दिन की बुरी बात को भूलिए। अच्छी बातों से आगे के लिए ऊर्जा लीजिए और नए दिन की शुरुआत नए उत्साह के साथ कीजिए। हम सबको एक अच्छा और सफल दिन बिताने का हक ईष्वर ने दिया है। लेकिन इस हक को आप सकारात्मक सोच और संतोषी स्वभाव से ही हासिल कर सकते हैं। विश्वास रखिए कि जहां आपका बस नहीं चलेगा वहां सर्वशक्तिमान स्वयं ही हस्तक्षेप करेंगे। बस अपने प्रयास में कभी कमी ना रखें। जिंदगी लूडो के पासा जैसी होती है, आपको कभी पता नहीं होता कि अगला अंक क्या आएगा।

हारकर यात्रा न रोकें– आप जब भी कुछ अच्छा करने की कोशिश करते हैं और उसने कभी सफल नहीं हो पाते तो बिल्कुल हताश या निराश ना हों। आपने जो प्रयास किए हैं वे आपकी जिंदगी के खाते में कहीं न कहीं इकट्ठा हो रहे हैं और अवश्य फलीभूत होंगे। किसी कठोर पत्थर के टुकड़े तो हथौड़े की अंतिम चोट से ही होते हैं लेकिन इसका मतलब यह तो नहीं कि सबसे पहले की गई चोट व्यर्थ ही थी। जिंदगी एक किताब की तरह है जिसके कुछ अध्याय उदासीन या फीके होते हैं, तो कुछ उत्साहित करने वाले। अगर आप पूरी किताब के पन्ने नहीं पलटेंगे तो कभी पूरी कहानी को एंजॉय नहीं कर सकेंगे। इसलिए जीवन में हमें तात्कालिक उदासियों से उबरने के लिए हमेशा आगे बढ़ते रहना चाहिए।

सम्बन्ध अच्छे रखिये– बहुत सही कहा गया है कि मुफ्त में सिर्फ मां बाप का प्यार मिलता है। इसके बाद दुनिया में हर रिश्ते के लिए कोई ना कोई कीमत चुकानी पड़ती है। इसलिए लोगों से एकतरफा कुछ हासिल करने या अच्छे व्यवहार की उम्मीद ना करें आप उनके लिए क्या कर रहे हैं इस पर भी विचार करें। दूसरों के साथ वैसा ही व्यवहार करें जैसा आप उनसे चाहते हैं। इस दुनिया में व्यवहार अच्छा बनाए रखने का सीधा सा फंडा गिव एंड टेक का है। इस बात को अच्छी तरह समझ लें।

जिंदगी गुजर जाती है यह ढूंढने में कि ढूंढना क्या है

अंत में तलाश सिमट जाती है इस सुकून में

कि जो मिला है वह भी कहां साथ लेकर जाना है

फिर आएगा जिंदगी को जीने का मजा

कई लोग अचानक निराश और हताश होकर कह देते हैं कि जिंदगी बहुत फीकी और उबाऊ हो गयी है, जिंदगी जीने का मजा ही नहीं रहा। यह नकारात्मक नजरिया है। अगर कुछ छोटी–छोटी बातें जहन में रखी जाएं तो आपको जिंदगी से शिकायत नहीं रहेगी।

जिंदगी को जानिए– किसी ने क्या खूब कहा है–

कभी जीने की आशा, कभी मन की निराशा, कभी खुशियों की धूप, कभी हकीकत की छांव, कुछ खोकर पाने की आशा, शायद यही है जीवन की परिभाषा।

सभी शब्दों का अर्थ मिल सकता है परंतु जीवन का अर्थ जीकर और संबंध का अर्थ निभाकर ही जाना जा सकता है। बेंजामिन फ्रैंकलिन ने कहा है, "हम सभी को परिवर्तन के नियमों का पालन करना चाहिए। यह जीवन का सबसे ताकतवर कानून है। सभी लोग अलग हैं। इसलिए सभी की जिंदगी भी अलग अलग है।

अच्छे लोगों की कद्र कीजिए– समझदारों का कहना है कि मिलना है तो कद्र करने वालों से मिलो। इस्तेमाल करने वाले तो तुम्हें खुद ही ढूंढ लेंगे। अपने इर्दगिर्द मौजूद अच्छे लोगों व अपने शुभचिंतकों को पहचानने की कोशिश कीजिए और उनकी कद्र करते हुए उनसे नजदीकियां बढ़ाइए। क्योंकि बुरे वक्त में यही लोग आपका साथ देंगे और आपकी हिम्मत बढ़ाएंगे। जबकि मतलबी लोग आपके सामने आपकी कामयाबी पर तालियां बजाएंगे लेकिन सच्चे साथी नहीं होंगे।

समय पर छोड़ दें चिंताएं– कुछ उलझनों को वक्त पर छोड़ देना चाहिए। कई बार वक्त के साथ मुसीबतें खुद दूर हो जाती हैं। परिस्थितियाँ दुनिया की सबसे बेहतरीन पाठशाला होती हैं जो इंसान को व्यवहारिक ज्ञान देती हैं।

गलतियों से सीखिए– गलतियों को स्वीकार करना सीखिए तभी आप उन्हें सुधार पाएंगे। गलती करना इतनी बुरी बात नहीं है जितना

गलती को महसूस न करना है। रोज नई गलतियां करेंगे तो कुछ न कुछ नया सीखेंगे लेकिन आप पुरानी गलतियों को दोहराएंगे तो जीवन में जहां हैं वहां से आगे बढ़ना तो दूर वहां ठहर भी नहीं पाएंगे। बल्कि बहुत संभावना है कि पीछे की ओर चले जाएंगे। परिपक्वता और समझदारी इसमें नहीं कि हम कितनी बड़ी–बड़ी बातें कर सकते हैं बल्कि इसमें है कि हम छोटी से छोटी चीजों को कितनी जल्दी समझ सकते हैं।

काम को एंजॉय कीजिए– कम से कम जरूरतें और ज्यादा से ज्यादा ऐडजस्टमेंट। ये दो चीजें आपकी जिंदगी को सफल और खुशहाल बना देती हैं। साथ ही अपने काम को बोझ समझकर निपटाने की प्रवृत्ति को छोड़ें और उसमें आनंद महसूस करें। क्योंकि आपके पास जो है उसी में आपको काम चलाना है और जो काम आप अपनी आजीविका के लिए कर रहे हैं, उसको आपको करना ही है। चाहे आप इसे खुशी खुशी करें या झुंझलाकर। भगवदगीता में लिखा है, "जब आप अपने कार्य में आनंद खोज लेते हैं तब आप पूर्णता को प्राप्त करते हैं।"

अपने मेंटर खुद बनें– मनोचिकित्सक एवं चर्चित लेखिका एमी मॉरिन ने अपनी पुस्तक '13 काम जो समझदार लोग नहीं करते' में लिखा है कि हर अच्छा कोच आपको बेहतर बनाने के लिए समर्थन और सलाह देता है। आपको भी अपने साथ ऐसा ही करना चाहिए। देखें कि आप क्या अच्छा कर रहे हैं, फिर अपनी शक्तियों को निखारें। उन क्षेत्रों को पहचानें जहां बेहतरी की गुंजाइश है और फिर खुद को बेहतर बनने की चुनौती दें। ऐसा करने पर आपको जिंदगी जीने में वाकई मजा आने लगेगा क्योंकि तब आपके पास एक लक्ष्य होगा खुद को बेहतर बनाने का।

रिश्तों को बनाए रखने के लिए थोड़ा सा दिखावा भी है ज़रूरी

कई बार आप अपने पति, सहेली या किसी रिश्तेदार की बातों को बहुत दिलचस्पी से सुनती हैं और मुस्कुराती हैं, लेकिन वास्तव में आपको उनकी बातें बोरिंग लग रही होती हैं। सिर्फ उनका मन रखने के लिए आप ऐसा करती हैं। एक तरह से यह एक दिखावटी व्यवहार होता है। लेकिन व्यवहार विशेषज्ञों के मुताबिक रिश्तों की सरसता बनाए रखने और उन्हें सजीव रखने के लिए कई बार ऐसा बनावटी व्यवहार भी ज़रूरी हो जाता है।

रिश्तों को चाहिए देखभाल– रिश्ते खुद ब खुद विकसित नहीं होते। इन्हें आपकी देखभाल, धैर्य, सहेजने की कोशिशों और कौशल की जरूरत होती है। विलियम शेक्सपियर ने ठीक कहा था कि यह दुनिया एक रंगमंच है और हम सब इसके कलाकार हैं। हम सब अपने वास्तविक जीवन में कई तरह की भूमिकाएं निभाते हैं हर किरदार में हमें एक कुशल अभिनेता की तरह पूरी तरह डूब जाना पड़ता है। कोई व्यक्ति किसी को खुश रखने के लिए जरा सी देर अभिनय कर लें और इससे दोनों को कोई नुकसान न पहुंचता हो, तो इसमें कोई बुराई भी नहीं। बस मन में किसी प्रकार का छल–कपट या धोखाधड़ी की नीयत न हो।

व्यावहारिक नहीं अधिक स्पष्टवादिता– हर परिस्थिति में मन की भावनाओं का एकदम सही–सही और खुलकर इजहार करना न तो व्यावहारिक होता है और न ही सामाजिक जीवन में स्वीकार्य है। इसलिए हमें कई बार किसी में झूठी दिलचस्पी, झूठी सहानुभूति या झूठी संवेदना दिखाने को मजबूर होना पड़ता है। ज़रूरी नहीं कि जब कोई सास अपनी बहू को पीहर की कथाएं सुनाने बैठ जाए, तो बहू को सचमुच दिलचस्पी हो, लेकिन सास का मन रखने के लिए उसे ऐसा करना पड़ता है। ठीक इसी प्रकार जब बहू अपने भाई या मम्मी–पापा के आने की खबर से उत्साहित हो, तो घर के दूसरे सदस्यों को भी

इच्छा हो या न हो, पर पूरे जोशो खरोश से उनकी अगवानी की व्यवस्था करनी पड़ती है। यही दुनियादारी है और यही व्यवहार कुशलता भी है। कई बार किसी रिश्तेदार या किसी परिजन की कोई आदत हमें अच्छी न भी लगे तो उसे सहन भी करना पड़ता है और उसके सामने सहज भी रहना पड़ता है।

कृत्रिम प्रतिक्रिया है ज़रूरी– कोलकाता के फोर्टिस अस्पताल में वरिष्ठ मनोचिकित्सक डॉ। संजय गर्ग कहते हैं, 'रिश्तों में फेक रिएक्शंस बेहद ज़रूरी होते हैं। जैसे कई बार जब पति या पत्नी अपनी पार्टनर पर खिचखिच कर रहे होते हैं, तो पार्टनर को बहुत खीझ महसूस होने के बावजूद शांत रहकर उसकी हां में हां मिलाना पड़ता है। इससे माहौल को शांत रखने में मदद मिलती है और कलह को टाला जा सकता है। रिसेप्शन पर बैठे व्यक्ति या सेल्समैन को मजबूरन मुस्कुराना पड़ता है जबकि ज़रूरी नहीं कि उसका मूड हर वक्त एक जैसा ही हो।

प्रोफेशनल लाइफ में भी ज़रूरी दिखावा– दी गार्डियन के स्तंभकार जीन हाना एडेलस्टीन कहते हैं किसी भी व्यक्ति के नकचढ़े रवैये, बुरी आदतों, खिचखिच या गुस्से से सामने वाले व्यक्ति का भी चिढ़ जाना बेहद स्वाभाविक है लेकिन व्यवहार कुशल लोग ज्यादातर मामलों में खुद को संभाल लेते हैं और रिश्तों को सहज व सरस बनाए रखने के कारण वे सहजता का मुखौटा ओढ़कर बात को खत्म करने की कोशिश करते हैं। ऐसा वे कभी प्यार के कारण, कभी मजबूरी के कारण तो कभी अपनी सज्जनता की वजह से भी करते हैं।

सार्थक, सफल और सुकूनपरक होगा सफर जिंदगी का

अपनी जिंदगी को सार्थक, सफल और सुकूनपरक बनाने की कोशिश हर कोई करता है। लेकिन कुछ छोटी छोटी बुनियादी बातों का ध्यान रखा जाय तो यह काम आसान हो सकता है–

दृढ़ मगर विनम्र प्रयत्न– किसी ने बहुत अच्छी बात कही है, बुलंदी और साहस हमेशा शेर की दहाड़ में ही नहीं बल्कि उन चीटियों की चुप्पी में भी होती है जो धैर्य और लगन के साथ अपना काम करती रहती हैं और लक्ष्य हासिल होने तक हिम्मत नहीं हारतीं। इससे सीख लेते हुए अपने काम में हमेशा पूरी ताकत से जुटे रहें। अपने हक के लिए बुलंद लेकिन विनम्र तरीके से आवाज उठाते रहें और अपने जीवन को सार्थक, सफल और सुकून पर बनाने के लिए सतत प्रयत्नशील रहें।

चापलूसों से दूर रहें– कहा गया है कि तारीफों के पुल के नीचे मतलब की नदी बहती है। चापलूसी और मुंह पर प्रशंसा करने वाले लोगों से सुरक्षित फासला रखें। ये लोग कभी भी आपको अपनी कमियों के बारे में नहीं बताते बल्कि सदैव झूठी प्रशंसा करके आप को अंधेरे में रखते हैं। इससे आप अपनी कमजोरियों को दूर नहीं कर पाते। ऐसे लोग बुरे वक्त में आपके काम भी नहीं आते। सुकूनपरक और सफल जिंदगी के लिए इनसे ज़रूरी दूरी बहुत ज़रूरी है।

व्यावहारिक लक्ष्य तय करें–

रास्ते कहां खत्म होते हैं जिंदगी के सफर में

मंजिले तो वही हैं जहां ख्वाहिशें थम जाएं।

गीता में कहा गया है कि मन अपनी चंचलता तथा अस्थिरता के कारण जहां कहीं भी विचरण करता हो मनुष्य को चाहिए उसे वहां से खींचे

और अपने वश में लाए। जिंदगी ख्वाहिशों के बल पर नहीं बल्कि एक सुनिश्चित और ज़रूरी लक्ष्य के सहारे आगे बढ़ती है। अगर आपने कोई उद्देष्य पर लक्ष्य निर्धारित ही नहीं किया तो पहुंचेंगे कहां? इसलिए ख्वाहिशों की उड़ान को विराम दीजिए और व्यवहारिक लक्ष्य के मार्ग पर आगे बढ़िए।

सच के साथ रहें– सच सर्जरी की तरह दर्द देता है लेकिन सही वक्त पर कहा जाए तो आगे चलकर बहुत आराम देता है। जबकि झूठ उस पेन किलर की तरह है जो आपको क्षणिक राहत भले ही दे लेकिन दीर्घ अवधि में इसके कई साइड इफेक्ट होते हैं। साथ ही यह आपको बेचैनी भी दे देता है। इसलिए जब तक इससे आपको कोई बड़ा नुकसान ना होने वाला हो या यह बहुत ज़रूरी ना हो तब तक आप को सच के साथ ही खड़ा रहना चाहिए।

अपनी सेहत पर ध्यान दें–

कौन कहता है कि दूरियां किलोमीटर में मापी जाती हैं

यहां तो खुद से मिलने में उम्र गुजर जाती है

याद रहे आप खुद के लिए ही सब कुछ कर रहे हैं और आपको खुद ही सब कुछ करना है। इसलिए खुद का ख्याल जरूर रखें। दुनिया के तमाम ज़रूरी कामों को आप सभी अंजाम दे पाएंगे जब आप खुद स्वस्थ प्रसन्न और ऊर्जावान रहेंगे। इसलिए अपने तन और मन की प्रसन्नता को दूसरे सभी कामों से ज्यादा तवज्जो दें।

दिल न दुखाएँ किसी का– अगर आप अपनी जिंदगी में सुकून चाहते हैं तो कभी किसी का मजाक ना उड़ाए। ठान लें कि आपका दर्द भले ही किसी की हंसी की वजह बन जाए लेकिन आपकी हंसी किसी के दर्द की वजह नहीं बननी चाहिए। आप किसी के साथ कुछ गलत कर के कुछ समय के लिए प्रसन्न भले ही हो सकते हैं पर बाद में कभी न कभी आपको आत्मग्लानि जरूर महसूस होगी। इससे आपका सुकून छिन जाएगा। कभी बिना किसी स्वार्थ या खास वजह के भी किसी को प्रसन्न करने की कोशिश कीजिए। यकीन मानिए कि वही शख्स एक दिन आपकी खुशी की वजह बन जाएगा।

अहंकार न पालें— अहंकार में अच्छे वक्त में किसी को नजरअंदाज न करें। क्या पता कब वक्त आपको उसकी ही मदद मांगने के लिए मजबूर कर दे। उद्योगपति रतन टाटा ने कहा है कि अगर आप तेजी से चलना चाहते हैं तो अकेले चलिए लेकिन अगर आप दूर तक चलना चाहते हैं तो साथ मिलकर चलें। अच्छे व्यवहार से आप अपना एक अच्छा सपोर्ट सिस्टम बना सकते हैं। परायों को भी अपना बनाना आसान है मृदु व्यवहार के सहारे।

उम्मीद न छोड़ें— पत्थर की चट्टान पर अकेला फूल भी अपनी पूरी ताकत से अपने पौधे से जुड़ा रहता है, बिना इस बात की परवाह किए कि उसकी प्रशंसा करने वाला कोई नहीं या उसकी जिंदगी बहुत कम है। विश्वास से हर चीज संभव होती है और उम्मीद से हर काम बनता है। दिव्यांग निक व्यूजेसिक ने बहुत अच्छी बात कही है, 'मेरा यकीन करिए उम्मीद होना हाथ पाँव खोने से कहीं अधिक बुरा है।'

सोचो, जरा हट के

यह जुमला आपने अक्सर सुना होगा या कई बार खुद ही सोचा होगा कि क्या जिंदगी है, रोज सुबह उठे, नहाए धोए, काम पर गए और खाना खाकर सो गए। जिंदगी में कुछ अलग होना चाहिए। प्रोफेशनल दुनिया में तो हर बॉस बिजनेस या एफिशिएंसी बढ़ाने के लिए अपने कर्मचारी से यह बात अक्सर कहता रहता है।

आखिर क्या है हट कर सोचना?– 'थिंक आउट साइड द बॉक्स' या जरा अलग सोचना अपनी क्रिएटिविटी का सही इस्तेमाल करना है। इसके तहत आप अपने कामों या वर्कप्लेस जिम्मेदारियों के बारे में प्रचलित तरीके से जरा अलग सोचते हैं। आप नए अंदाज के परिणामों का आकलन कहते हैं और उन्हें लागू करके अपने प्रतिद्वंन्दियों की भीड़ से यानी आप जैसी सर्विस या प्रोडक्ट बेच रहे लोगों से हटकर अपनी अलग पहचान बनाते हैं। इससे आपकी वर्किंग एफिशिएंसी बढ़ती हैं, आपके क्लाइंट की नजर में आपका महत्व बढ़ता है और जाहिर है आपका बिजनेस और इनकम भी बढ़ती है।

लक्ष्य को थोड़ा सा बदलें– अगर आपका भी वही लक्ष्य है, जो हर किसी का है, तो आपको इसे थोड़ा सा बदलना होगा। एक संपादक या लेखक अपने पाठक वर्ग को शुरू से एक तरह का मानता रहे, तो वह कभी कुछ नया नहीं दे पाएगा। उसे नए पाठक वर्ग के लिए भी कुछ करना होगा। इसी तरह अगर आप कोई सर्विस प्रोवाइड करते हैं, तो नए क्लाइंट्स जोड़ने की तैयारी करनी होगी। प्रोडक्ट बेचने के लिए नए खरीददारों को टार्गेट करना होगा, तभी आप नई बातें सोच पाएंगे, नए तरीके से काम करने की स्वतंत्रता हासिल कर पाएंगे।

ब्रेक लेते रहें– आप अपने दिमाग को जब तक एकरसता यानी मोनोटोनी से उबरने का मौका नहीं देंगे तब तक वह फ्रेश नहीं हो सकेगा। हमार दिमाग भी रूटीन का अभ्यस्त हो जाता है और एक तय कार्यक्रम के तहत ही सोचता है। ऐसे में अलग सोचनेके लिए सबसे जरूरी है ब्रेक। जब आप अवकाश पर होते हैं या कहीं बाहर जाते हैं तो अपने इर्द गिर्द मौजूद लोगों, चीजों और परिस्थितियों से आपके

दिमाग में तरह तरह के आयडिया आते हैं। इन आयडियाज़ को आप क्रिएटिविटी में तब्दील करके 'आउट साइड दी बॉक्स' सोच सकते हैं।

ब्रेनस्टॉर्मिंग का लें सहारा– जब भी आपको नए आयडियाज की जरूरत पड़े, अपनी फील्ड के दूसरे लोगों से खूब बातचीत करें। बातों से बात निकलती है और उससे निकलते हैं नए विचार। दूसरे व्यक्ति की किसी बात को न काटें, न गलत ठहराएं। क्योंकि इससे वह खुलकर अपने विचार आपके साथ शेयर नहीं करेगा। आप अपनी कंपनी के टीम वर्कर्स या अन्य अनुभवी लोगों के साथ ग्रुप डिस्कशन भी कर सकते हैं। इस दौरान आपको उनके अनुभव व विचारों से खुद के आयडिया जनरेट करने का मौका मिलेगा। ब्रेन स्टॉर्मिंग के दौरान कोई निगेटिव विचार खुद पर हावी न होने दें।

शिखर छूने के लिए जरूरी है डीप थिंकिंग

प्रोफेशन की दुनिया में जब आप तरक्की की राह पर आगे बढ़ रहे होते हैं, तो आपको पीछे खींचने वाले लोगों की कमी नहीं होती। आपको कई बार गलत सलाह देने वाले लोग मिल जाते हैं तो कई बार निर्णय लेने के लिए इतने विकल्प सामने होते हैं कि आप सोच नहीं पाते कि कौन सा ऑप्शन चुना जाए। इसी प्रकार कभी–कभी इतनी सूचनाएं और खबरें आती हैं कि आपका आपका दिमाग भन्ना जाता है। प्रोफेशनल लाइफ असल में होती ही टफ है। इसमें बहुत सूझबूझ के साथ आगे बढ़ना होता है ताकि आप सफलता के शीर्ष पर पहुंच जाएं।

फायदे डीप थिंकिंग के– किसी भी निर्णय को अपनी कमाई, रिस्क लेने की क्षमता, उससे जुड़े हर अच्छे–बुरे पहलू और उससे उत्पन्न हो सकने वाली संभावित इमरजेंसी आदि सारे पहलुओं की कसौटी पर कसना ही डीप थिंकिंग है। डीप थिंकिंग आपको किसी भी प्रोफेशन में सूझबूझ के साथ निर्णय लेने में मदद करती है। आप चाहे वकील हों, डॉक्टर हों, इंजीनियर, चार्टर्ड अकाउंटेंट, नेता या वैज्ञानिक कुछ भी हों आपको अपने क्लाइंट की बेहतरी और अपनी साख जमाने के लिए अच्छी सर्विस देनी होती है, इसके लिए किसी भी अर्जित ज्ञान या सूचना को सही ढंग से विश्लेषण करने और उसे अप्लाई करने के लिए सही सोच और चिंतन की जरूरत होती है। कई बार परिस्थितियों के मुताबिक हमें स्थापित नियमों से हटकर निर्णय लेना पड़ता है ऐसे में भी आपको डीप थिंकिंग की जरूरत होती है। रिसर्च और अब तक की गई पढ़ाई के साथ समस्या के मुताबिक अपने विवेक का इस्तेमाल करना पड़ता है। वर्ल्ड इकोनामिक फोरम ने भी माना है कि क्रिटिकल(डीप) थिंकिंग और कॉम्प्लेक्स प्रॉब्लम सोल्विंग आज की तारीख में सबसे ज्यादा डिमांड वाली स्किल्स में शामिल है।

पर्सनल लाइफ को भी करे आसान और समृद्ध– निजी जीवन में भी सही निर्णय लेने और सही विकल्प चुनने के लिए डीप थिंकिंग जरूरी है सही करियर चुनने का मामला हो या सही लाइफपार्टनर, कार ओनरशिप फ्लैट या हाउसहोल्ड इक्विपमेंट खरीदने हों या फिर शेयर

बाजार अथवा सोने–चांदी में निवेश करना हो, फैसला लेने से पहले उसके हर पहलू पर ध्यानपूर्वक विचार करना जरूरी होता है। जो इसमें माहिर होते हैं उनके निर्णय सही होते हैं और वे तरक्की व समषद्धि हासिल करते हैं।

मन को खुश रखे– सफल होने और स्वस्थ रहने के लिए व्यक्ति का मन शांत होना और खुशमिजाज रहना जरूरी है। क्रिटिकल थिंकिंग से यह स्थिति प्राप्त की जा सकती है क्योंकि आप किसी भी सिचुएशन या व्यक्ति को भावनाओं में बहकर जज करने की बजाय अपने विवेक और तर्कसंगत कारणों के आधार पर निर्णय लेते हैं। इससे आपके मन में बेवजह नकारात्मक विचार आने बंद हो जाते हैं। नतीजतन आपका मन शांत रहता है। साथ ही दूसरों लोगों के साथ आपके रिश्तो में आसानी से खटास भी नहीं आती है। यह चीज आपके करियर के लिए भी फायदेमंद होती है क्योंकि मन शांत और सकारात्मक भाव से परिपूर्ण रहने के कारण आपकी बॉस, क्लाइंट या कलीग्स के साथ खटपट नहीं होती।

कैसे डेवलप करें डीप थिंकिंग– इसके फायदे जानने के बाद मन में जिज्ञासा स्वभाविक है कि यह स्किल डेवलप कैसे की जाए।

चिंता नहीं चिंतन कीजिए– जब भी आपको कोई कठिन निर्णय लेना हो या अचानक कोई बड़ी समस्या सामने आ जाए तो चिंता नहीं चिंतन कीजिए। समस्या को बारीकी से समझिए। अल्बर्ट आइंस्टीन ने कहा है, "अगर किसी समस्या को सुलझाने के लिए मेरे पास 1 घंटे का वक्त है तो मैं 55 मिनट समस्या को समझने में खर्च करूंगा और बाकी 5 मिनट उसे सुलझाने में।" आइंस्टीन की इस बात का सीधा अर्थ यही है कि समस्या के समाधान के लिए सबसे पहले समस्या को समझना जरूरी है। जैसे आप ग्रेजुएशन के बाद एक अच्छी जॉब की चाहत रखते हैं तो सबसे पहले यह तय करना होगा कि आपके लिए एक अच्छी जॉब क्या है या एक अच्छे जॉब का आपका क्राइटेरिया क्या है। फिर यह समझना होगा कि उसके लिए जरूरी क्वालिफिकेशन क्या है।

सूचनाओं का विश्लेषण कीजिए– आपके पास दिन–रात विभिन्न स्त्रोतों से खूब सूचनाएं आती हैं। अपने फायदे के लिए उनका इस्तेमाल करना सीखिए। इसके लिए आपको सूचनाओं का विश्लेषण करने की स्किल जानी होगी। विश्लेषण के लिए सूचनाओं को पांच

सवालों की कसौटी पर कसें– किसने, क्या, कहां, कब और क्यों। जैसे कोई आपको डिप्लोमा हासिल करने के लिए कहे तो इन्हीं बिंदुओं पर उस विज्ञापन या प्रस्ताव को जांच लें। आपके लिए निर्णय लेना आसान हो जाएगा।

अनुभवी लोगों से बातें कीजिए– आपको फील्ड के अनुभवी लोगों से भी हर बात डिस्कस करनी चाहिए जिससे एक ही बात या मुद्दे पर आपको कई भिन्न दृष्टिकोण मिलेंगे। इन सारे विचारों पर गौर करने के बाद आप अपना माइंड अप्लाई करें और फिर वही निर्णय लें जो आपको सही लगे। लेकिन डिस्कस करने से आपको कई बार ऐसे बिंदु जानने को मिलेंगे जो आपके दिमाग में आते ही नहीं। अलग–अलग बिंदुओं को जानने के बाद आपको अपना विचार बनाने में आसानी होगी।

हर रोज मिलेगी जीने की खुशी

इस दुनिया में दो चीजें हर किसी को चाहिए– लंबी आयु और खुशहाली। ये दोनों ही चीजें एक दूसरे से जुड़ी हुई हैं। सेहत विज्ञानी मान चुके हैं कि जो लोग जिंदादिल और खुशहाल होते हैं, वे दीर्घायु भी होते हैं। लेकिन इन दोनों चीजों को हासिल करने के लिए आपको चाहिए एक तीसरी और अहम् चीज– ईकीगाई। नहीं समझे न? दरअसल यह एक जापानी शब्द है जिसका मतलब है– मकसद। जी हां, जापान सहित कई देशों के हेल्थ एक्सपर्ट मानते हैं कि अगर आपने अपने जीने का उद्देश्य या मकसद ढूंढ़ लिया, तो आप दूसरे लोगों की तुलना में दीर्घायु होंगे। जब भी आप सो कर उठें, तो आपके पास जागने का एक मकसद होना चाहिए। यानी आपको पता होना चाहिए कि आगे आपको क्या–क्या काम करने हैं और आप किसलिए जागे हैं। लंबी आयु के मामले में जापान के लोग दुनिया भर में चर्चित हैं और वे इस बात से पूरी गंभीरता से इत्तफाक रखते हैं।

कई अध्ययनों से हुई पुष्टि–

40 से 79 वर्ष आयु के हजारों जापानी व्यस्कों पर किए गए अध्ययन में पता चला है कि जिनलोगों ने अपने जीने का मसकद तय कर लिया है या जानते हैं, उनकी जिंदगी में स्ट्रेस कम होता है और इसी वजह से उनकी आयु लंबी होती है। चूंकि ये सारे लोग जापान के ओकीनावा द्वीप से थे, इसलिए इनकी राय काफी महत्वपूर्ण है। क्योंकि यहां कई दुनिया के सबसे ज्यादा दीर्घायु लोग रहते हैं। अमरीका में हुई एक अन्य स्टडी में भी पाया गया कि जिन लोगों ने अपनी जीने का मकसद जान और समझ लिया उनमें बिना लक्ष्य या बिना किसी खास मकसद के जीने वालों की तुलना में मष्त्यु का जोखिम 15 फीसदी तक कम होती है।

अगर आप अपने जीवन का मकसद यानी लक्ष्य सही ढंग से जान जाते हैं, तो इससे हार्ट डिजीज और स्ट्रोक जैसी बीमारियों के साथ साथ असमय मष्त्यु की संभावना भी काफी हद तक कम हो जाती है। माउंट सिनी सेंट ल्यूक एवं माउंट सिनाई रूजवेल्ट के शोधकर्ताओं ने अपने

गहन अध्ययन के बाद यह निष्कर्ष निकाला है। अध्ययन में बताया गया है कि जीने का मकसद स्पष्ट रूप से समझने वालों की मष्त्यु में अन्य सभी कारणों से 23 फीसदी और हार्ट डिजीज या स्ट्रोक से मष्त्यु की 19 फीसदी संभावना कम हो जाती है।अध्ययन के मुखिया रैंडी कोहेन कहते हैं, जीने का उद्देश्य जानने और मष्त्यु से सुरक्षा पाने के बीच बड़ा गहरा संबंध है। उनका अगुवाई में रिसर्च टीम ने 1,37,000 से ज्यादा लोगों पर किए गए ऐसे कई अध्ययनों की बारीकी से समीक्षा की और पाया कि जिन लोगों के जीने का कोई मकसद नहीं था या उन्हें इसका पता नहीं था उनमें कार्डियोवैस्कुलर डिजीज ज्यादा पाया गया।

कनाडा की कार्लेटन यूनिवर्सिटी के शोधकर्ताओं ने दीर्घ आयु पर अध्ययन करते हुए पाया कि जिन लोगों ने अपने जीवन की दिशा तय कर रखी है और लक्ष्य निर्धारित कर रखे हैं, वे लम्बी आयु पाते हैं। भले ही यह लक्ष्य अधेड़ अवस्था में ही क्यों न तय किया गया हो। 'साइकोलॉजिकल साइंस' में प्रकाशित इस अध्ययन के मुखिया पैट्रिक हिल हैं।

शिकागो की रश यूनिवर्सिटी मेडिकल सेंटर द्वारा किए गए अध्ययन के नतीजे में जीवन के उद्देश्य निर्धारण से अल्जीमर्स डिजीज से मस्तिष्क की सुरक्षा का फायदा बताया गया है।

विद्वानों व दार्शनिकों का कथन–

दर्शन शास्त्र और कई बेस्टसेलर सेल्फ हेल्प बुक्स के लेखक जेम्स एलन ने कहा है कि जिन लोगों के जीवन का कोई उद्देश्य नहीं होता, वे बहुत जल्दी छोटी–मोटी चिंताओं, डर, मुसीबतों और अपने प्रति दयाभाव रखने के भाव से ग्रस्त हो जाते हैं।

विद्वान समीक्षक, लेखक जार्ज बर्नार्ड शा ने कहा है, किसी के दुखी होने का रहस्य यह है कि उसके पास यह चिंता करने की फुर्सत हो कि वह सुखी है कि नहीं।

महान दार्शनिक जॉर्ज हेनरी लुईस ने कहा है, कर्म ही दुखों का एक मात्र इलाज है।

फायदा लक्ष्य या मकसद निर्धारण का–

प्लानिंग करने और आने वाले समय में हासिल करने के लिए तय किए गए लक्ष्य को हासिल करने की जद्दोजेहद आपके दिमाग को व्यस्त रखती हैं और आपके तन को एक्टिव व फिट रखती है। इससे आप बेवजह की चिंताओं में उलझकर मानसिक रूप से परेशान होने या आलस्य के वशीभूत होने से बच जाते हैं। ये दोनों ही चीजें तन–मन की सेहत के लिए नुकसानदायक हैं। जब हम सुबह किसी काम को करने के उत्साह और लगन से उठते हैं तो हमारा मन प्रसन्न रहता है और लक्ष्य हासिल करने के लिए हम जल्दी जल्दी एक के बाद एक काम निपटाते चले जाते हैं।

फार्मूला मकसद तय करने का– इकीगाई या अपनी जिंदगी का मकसद तय करने के लिए आपको खुद से कुछ सवाल पूछने होंगे और ईमानदारी से उनका जवाब देना होगा।

मुझे क्या करना अच्छा लगता है?– यहां आपको अपना सबसे खास शौक जानना होगा। ये शौक एक या उससे अधिक भी हो सकते हैं। इन्हें आप कभी न छोड़ें, बशर्ते ये अच्छे, सकारात्मक और रचनात्मक शौक हों। हर अच्छा शौक आपको कोई न कोई फायदा जरूर देता है चाहे वह तन को दुरुस्त रखता हो या मन को सुकून देता है। जैसे क्रिकेट, बैडमिंटन, कबड्डी जैसे स्पोर्ट्स, कैरम, चेस, लूडोज से इंडोर गेम्स, बागवानी, फोटोग्राफी, ट्रेवलिंग, आदि। आप चाहे जितने व्यस्त रहें। इन्हें पूरा करने के लिए आपको अपना कुछ वक्त जरूर देना चाहिए।

मैं क्या अच्छा कर सकता हूँ– यह आपके बिजनेस या पेशे से संबंधित हैं। आप किस काम को अच्छी तरह कर सकते हैं और किस काम को करने में आपकी अधिक दिलचस्पी है। यह आपको जरूर मालूम होना चाहिए। अगर आप अपनी क्षमता दिलचस्पी से संबंधित काम करेंगे तो आपको हर दिन कुछ न कुछ जरूर हासिल होगा, जिससे आपका उत्साह बना रहेगा। सबसे बड़ी बात यह कि आप इस काम को कभी बोझ समझ कर नहीं करेंगे, जिससे आपकी सफलता के चांसेज भी बढ़ेंगे।

लोग मुझसे क्या चाहते हैं– इस सवाल का जवाब देते समय आपको पूरी दुनिया के लिए नहीं सोचना है बल्कि सिर्फ उन लोगों के बारे में सोचना है, जो आपके लिए वास्तव में महत्व रखते हैं। इनमें दो तरह

के लोग होंगे– पहले वे जो आपको शिद्दत से चाहते हैं और आप हमेशा उनका साथ व खुशी चाहते हैं और दूसरे वो लोग जिनसे आपको फाइनेंशियल फायदा होता है यानी जिनसे आपकी आजीविका चलती है। इससे आपको अपने दैनिक कामों व क्रियाकलापों को तय करने की दिशा भी मिलेगी और उन्हें करने में मजा भी आएगा। क्योंकि आपके काम से या तो आपके अपनों को खुशी मिलेगी या फिर आपको वित्तीय लाभ होगा। ये दोनों ही स्थितियां आपको उत्साह और प्रसन्नता देने वाली होंगी।

इन्हीं 3 सवालों और उनके जवाबों में आपके जीने का मकसद छिपा है।

ये भी हो सकती हैं हर सुबह जागने की वजह–

अपनी संतान को सही ढंग से पाल–पोस कर बड़ा करना। उनके साथ कुछ अच्छे पल बिताना और उनका भविष्य संवारने का प्लान बनाना।

'कोई अच्छी सी किताब पढ़ना। चाहे वह कोई सेल्फ हेल्थ बुक हो, आध्यात्मिक पुस्तक हो, कहानियों की किताब हो, रेसिपी बुक हो या फिर हेल्थ संबंधी। दिन भर हाउसहोल्ड वर्क, ऑफिस ड्यूटी या बिजनेस डील करने के बाद शाम को पसंदीदा टीवी प्रोग्राम देखना या दोस्तों के साथ जमकर गपशप और हंसी ठट्ठा करना।

'किसी के प्रति आभार व्यक्त करना। जो कल आपके काम आया था और आपकी मदद की थी, उसके प्रति आज धन्यवाद ज्ञापन करना है।

'अपनी मां, बहन, पत्नी, पति या किसी अन्य निकट संबंधी के लिए कुछ करना है। उनके साथ खुशी बांटनी है। उन्हें खुश करना है और खुद भी खुश रहना है।

कभी दूसरों की नजर से भी देखिए जिंदगी

किसी भी दिन का अखबार उठाकर देख लीजिए, रोज इंसानियत और रिश्तों को शर्मसार करनेवाली खबरें पढ़ने को मिल जाती हैं। 8 माह की बच्ची का बलात्कार हो रहा है, पिता बेटी के साथ ऐसा कुकर्म कर रहा है, जिनकी कल्पना मात्र से आपके पैरों तले की धरती फट जाए, बेटा बीमार बूढ़ी मां को छत से धकेलकर नीचे गिरा देता है, छोटे–छोटे बच्चे और टीनेजर्स खेलने–कूदने और मस्ती की उम्र में एक दूसरे की गला रेत कर हत्या कर देते हैं। ये घटनाएं इतनी आम होती जा रही हैं कि यहां इनके घटने के स्थान और समय का जिक्र करना ही बेमानी है। वजह यह है कि देश के लगभग हर राज्य में, हर शहर में ऐसी घटनाएं घटने लगी हैं।

क्या अभी आपने सोचा है कि हमारे समाज में इतनी नैतिक और भावनात्मक गिरावट कैसे आ गई है? किसी हरे–भरे पेड़ जैसे लहलहाते रिश्ते और इंसानियत सूखे ठूंठ जैसे बेजान और कठोर कैसे होते जा रहे हैं? दरअसल यह समानुभूति यानी इम्पैथी की कमी के कारण हो रहा है। हम सब कुछ अपने ही नजरिए से देखने की बुरी आदत पाल बैठे हैं। दूसरे के स्थान पर खुद को रखकर सोचने की आदत गुम सी होने लगी है और सारी समस्या की जड़ हमारा यही सेल्फ सेंटर्ड रवैया है– खुद को आनंद मिलना चाहिए दुनिया जाए भाड़ में। आजादी के सुख के लिए मां को धकियाने वाले बेटा, छुट्टियों के आनंद के लिए सहपाठी की हत्या करने वाले बच्चे, संपत्ति का सुख पाने के लिए बाप को मारने वाले बेटे और क्षणिक यौनसुख के लिए बेटी, पड़ोसी या रिश्तेदार की नन्ही बच्ची के साथ कुकर्म करने वाला पिता–चाचा ये सब के सब इसी सोच के कारण प्राचीन काल के दैत्यों जैसा व्यवहार व आचरण करते हैं।

क्या है समानुभूति ?

अचानक समानुभूति यानी इम्पैथी शब्द शिक्षाविदों, मनोविज्ञानियों, राजनीतिज्ञों, समाजशास्त्रियों व व्यवहार विशेषज्ञों के बीच चर्चा का विषय बन गया है। अक्सर लोग इसका गलत अर्थ लगा लेते हैं और इसे सहानुभूति समझ लेते हैं। दरअसल समानुभूति में दयालुता या दया जैसा भाव नहीं बल्कि दूसरों की फीलिंग्स समझने और आपके किसी काम या व्यवहार से उन्हें कैसा महसूस होगा या फिर कोई आपके साथ भी वैसा ही व्यवहार करे, तो आपको कैसा फील होगा, यह अनुभूति जरूरी है।

रोमन क्रेजनेरिक ने भी अपनी किताब इम्पैथी : 'अ हैण्डबुक फॉर रिवोल्यूशन' में इस बात पर जोर दिया है आज की तारीख में लोगों में समानुभूति की भावना होनी कितनी जरूरी है।

संभव है सब में समानुभूति की जागृति

बीते एक दशक में न्यूरोवैज्ञानिकों ने पाया है कि भले ही इंसान एक स्वार्थी और आत्मकेंद्रित जीव है, लेकिन उसमें परोपकार सहानुभूति और समानुभूति के भाव आसानी से जागष्त किए जा सकते हैं। इनके अनुसार 98 फीसदी लोगों के दिमाग में 'इम्पैथी सर्किट' होता है। बस इसे सही माहौल से जागष्त करने की जरूरत है।

इवोल्यूशनरी बायोलॉजिस्ट फ्रांस डी वाल ने कहा है कि हम सब सामाजिक जीव है, जो एक दूसरे की परवाह करने के लिए प्रोगाम्ड हैं। हमारे पूर्वज भी ऐसा करते आए हैं। मनोविज्ञानियों ने भी अपने शोध ा में पाया है कि हममें शुरू–शुरू में समानुभूति की स्ट्रॉन्ग भावनाएं रहती हैं। इन्हें आगे चलकर हम कितना मेंटेन कर पाते हैं यह हमारे माहौल और खुद हम पर भी निर्भर करता है। इसे हमें दूसरों में ऑब्जर्व भी करना चाहिए और फिर उसे खुद भी फॉलो करना चाहिए। इससे हमारे बच्चे भी वही सीखेंगे और यह सिलसिला आगे बढ़ता जाएगा।

कैसे जागृत हो समानुभूति?

–समानुभूति अर्जित करने के बहुत तरीके हैं। ज्यादा से ज्यादा सार्वजनिक समारोहों में शामिल हों, धार्मिक कार्यक्रमों में जाएं, सोशल सर्किल बढ़ाएं। इससे आपके मन में लोगों के प्रतिप्रेम व स्नेह तो उत्पन्न होगा ही, आप ज्यादा से ज्यादा लोगों की भावनाएं समझ पाने में भी सक्षम होंगे।

–समानुभूति के लिए आपको एक एक्टर की तरह बिहेव करना पड़ेगा। जैसे कोई अभिनेता अपने किरदार में डूब जाता है और उसी की तरह सोचने और एक्ट करने लगता है, उसी प्रकार आपको उस व्यक्ति की मानसिक स्थिति पर विचार करना होगा जिसके साथ आप बिहेव कर रहे हैं।

–नॉन वायलेंट कम्यूनिकेशन के संस्थापक और मनोविज्ञानी मार्शल रोसेनबर्ग कहते हैं, 'किसी भी व्यक्ति की मनोदशा उसकी मानसिक स्थिति और जरूरत को समझने के लिए आपको उसकी बातें सुननी चाहिए। चाहे वह आपका अधीनस्थ कर्मचारी हो, मित्र हो जीवनसाथी हो, संतान हो या फिर पेरेंट्स हैं। पति पत्नी में ज्यादातर झगड़े, इसी बात पर होते हैं कि दोनों को लगता है कि वे उनकी परवाह नहीं करते और उनके मन की बात समझने की कोशिश नहीं करते। बस, इसीलिए अलगाव और तलाक के मामले भी बढ़ते जा रहे हैं।

–अगर आप सचमुच अपने संबंधों की परवाह करते हैं और जीवनसाथी या फिर किसी भी व्यक्ति के साथ रिश्तों को सरस रखना चाहते हैं तो खुद में समानुभूति का गुण विकसित करें।

–कभी मौका मिले तो बैठकर लोगों से उनके दिल की बात सुनें। यकीन मानिए जब आप ऐसा करेंगे, तो वह भी आपको इतना ही महत्व देंगे। एक नेटिव अमेरिकन कहावत है, 'दूसरे की बुराई करने से पहले उसके जूते पहन कर एक मील पैदल चलो।' जैसे हमारे यहां है, 'जाके पैर न फटी बिवाई, जो क्या जाने पीर पराई।'

–आपने लोककथाओं व पौराणिक कथाओं में पढ़ा होगा कि कैसे दूसरों का दुख दर्द जानने के लिए या उनके मन की भावनाओं को समझने के लिए राजा–महाराजा या अच्छे लोग देश बदलकर गरीबों व दुखियारे लोगों के बीच रहते थे। इसके पीछे समानुभूति उत्पन्न करना ही उद्देश्य था।

–समानुभूति रखने वाले लोगों में एक खास गुण होता है। वे अजनबी लोगों से भी बातचीत करने और उनके बारे में जानकारी लेने में दिलचस्पी रखते हैं। ये बस या ट्रेन में अपने बगल में बैठे व्यक्ति से भी आसानी से घुलमिल जाते हैं। हां, अगर आप भी ऐसी कोशिश करते हैं

तो बस एक मूल बात का ध्यान रखें, 'उत्सुक बनें लेकिन उनके एग्ज़ामिनर नहीं।

—किताबें पढ़ने और फिल्में देखने की आदत भी आपकी कल्पनाशक्ति को बढ़ाती हैं और आपको दूसरे की फीलिंग्स का सही सही अंदाजा लगाना सिखाती है। अगर आपको इम्पैथी पर ढेर सारी सामग्री पढ़नी है। और इस कला में पारंगत होना है तो आप दुनिया की पहली ऑनलाइन इम्पैथी लाइब्रेरी www.empathylibrary.com पर उपन्यास, नॉन फिक्शन, फीचर फिल्म, बच्चों की किताबें और वीडियो देख सकते हैं।

फायदे समानुभूति के

—हैप्पीनेस गुरू मार्टिन सेलिगमैन कहते हैं, 'ऐसा करना न सिर्फ आपके अकेलेपन या उदासी के अहसास को दूर करता है बल्कि आपको संतुष्टि और खुशी भी देता है। आप हर हफ्ते कम से कम एक अजनबी से बात करने की आदत जरूर डालें।

—आप बिना कहे लोगों की बात और उनकी भावनाएं समझ सकते हैं।

—इससे आप एक अच्छे बिजनेसमैन और सेल्समैन भी बन सकते हैं।

—अपने इर्द गिर्द के लोगों को आसानी से मोटीवेट कर सकते हैं।

—लोगों को अपनी बात ज्यादा आसानी से बता सकते हैं।

—अपने ग्राहकों की जरूरत और उनकी मन की बात समझ सकते हैं।

—आपके शब्दों और व्यवहार का लोगों पर क्या असर पड़ रहा है यह आसानी से जान सकते हैं।

—कोई आपके प्रति दुराग्रह या शत्रुभाव रखता है, तो सावधान रह सकते हैं।

व्यस्त नहीं मस्त होनी चाहिए जिंदगी

हमारे समाज में अक्सर व्यस्तता और सफलता को एक–दूसरे का पर्याय माना जाता है। आम धारणा है कि सदा व्यस्त रहने वाले ही मस्त, चुस्त और सक्सेसफुल रहते हैं। परिजन या रिश्तेदार भी अक्सर हमेशा व्यस्त रहने वाले लोगों की ही तारीफ और कद्र करते हैं। ऐसी सोच और माहौल में रहने के कारण हम भी यह भ्रम पाल बैठते हैं कि हमें हर पल कुछ प्रोडक्टिव करते रहना चाहिए और लगातार कुछ करते ही रहना चाहिए। लेकिन लाइफस्टाइल एक्सपर्ट, व्यवहार विशेषज्ञ और मनोविज्ञानी इन दिनों जिंदगी को व्यस्त रखने की बजाय मस्त रखने की सिद्धांत पर जोर देने लगे हैं। उनका मानना है कि राउंड दी क्लॉक यानी 24 x 7 की व्यस्त रुटीन मानसिक बीमारियों व लाइफ स्टाइल डिजीज जैसे किडनी डिजीज, डायबिटीज, ब्रेन स्ट्रोक, हार्ट डिजीज आदि का सबब बनती जा रही है।

अध्ययन –

यूनिवर्सिटी ऑफ सिनसिनाटी लॉ रिव्यू द्वारा किए गए एक अध्ययन में पाया गया है कि आम लोगों की तुलना में मुख्य कार्यकारी अधिकारियों में डिप्रेशन का जोखिम दोगुना होता है। जर्नल ऑफ अफेक्टिव डिसऑर्डर में प्रकाशित एक दूसरी वृहद समीक्षा में लिखा गया है कि विकसित और अमीर देशों में रहने वाले लोगों में विकासशील देश के निवासियों की वनिस्पत डिसऑर्डर का रिस्क अधिक होता है। जाहिर है, विकसित और अमीर देशों के लोगों लोग पीयर प्रेशर और कंपैरिजन के शिकार हो जाते हैं और खुद को लगातार दूसरे से ऊंचा करने की जिद में डिप्रेशन के शिकार हो जाते हैं।

आपने देखा होगा कि अपने वक्त में बहुत नाम कमा चुके हीरो हीरोइन खिलाड़ी या दूसरे सेलिब्रिटीज लाइमलाइट से दूर होने लगते हैं तो वे डिप्रेशन और चिड़चिड़ापन के शिकार होने लगते हैं क्योंकि उन्हें हमेशा चर्चा में रहने और जरूरत से ज्यादा व्यस्त रहने की आदत पड़ जाती

है कई बड़े उद्योगपति भी बहुत ऊंचाई पर चढ़ने की कोशिश में और अत्यधिक व्यस्त रहने के कारण मानसिक और लाइफस्टाइल डिजीज के शिकार हो जाते हैं कुछ मामलों में तो स्थिति आत्महत्या तक पहुंच जाती है।

मनोविज्ञान की राय–

क्लिनिकल साइकोलॉजिस्ट कहते हैं कि जरूरत से ज्यादा प्रोडक्टिव होने व मशहूर होने की कोशिश और सफलता के पीछे भागने की कोशिश का हश्र बुरा हो सकता है। ऐसी कोशिशों से व्यक्ति न सिर्फ अपने मित्रों परिजनों व शुभचिंतकों से बल्कि खुद से भी दूर हो जाता है। ये चीजें इंसान को अक्सर अकेला, भयभीत और दुखी बना देती है। कई लोग तो सदा बेचारगी और तुलनात्मक ही नेता से की भावना से भरे रहते हैं। इसलिए अगर आप सुखी और खुश रहना चाहते हैं तो इस आपाधापी से बचें और अपनी दिनचर्या में पूरी तरह बदलाव लाएं। कुछ भी करते रहना क्रिएटिविटी नहीं है, यह जान लीजिए।ओशो रजनीश ने कहा है क्रिएटिविटी तो एक गुण है जो आप अपनी किसी भी एक्टिविटी में डाल सकते हैं।

धर्म शास्त्रों की सलाह –

जैन धर्म में अपरिग्रह और संतोष रखने की भावना पर जोर दिया गया है। प्राचीन चीनी शास्त्रों में कहा गया है कि इंसान का खाली रहना भी बेहद महत्वपूर्ण है। कुछ नया ग्रहण करने के लिए और खुद को उर्जित और पुनः सर्जित करने के लिए खालीपन अति आवश्यक है। जब हम किसी पात्र को देखते हैं तो उसके आकार, रंग और सौंदर्य को देखने के साथ–साथ यह भी देखते हैं कि यह खाली है या नहीं। क्योंकि पात्र जब तक खाली ना हो तब तक हमारे लिए उपयोगी नहीं हो सकता। पात्र का खाली रहना ही उसे अधिक उपयोगी बनाता है। आप कभी गौर से सोच कर देखिए कि क्या एक कागज पर खचाखच भर कर बनाए गए बहुत सारे बेहद सुंदर चित्र आपको अच्छे लगेंगे? शायद नही! क्या आसमान पूरी तरह चांद और सितारों से भर जाए तो देखने में इतना खूबसूरत लगेगा जितना अभी खाली खाली रहने के कारण लगता है? बिल्कुल नहीं ! ठीक इसी प्रकार जिंदगी में कम से कम इतना रिक्त स्थान जरूर होना चाहिए कि आपके किए हुए रचनात्मक काम सफलताएं और उपलब्धियां आप एंजॉय भी कर सकें और दूसरों

को स्पष्ट रूप से वह नजर भी आ सकें। जब तक आप खुद के साथ और अपने परिजनों के साथ बैठेंगे, खेलेंगे, हँसेंगे नहीं तब तक अपनी उपलब्धियों को हरगिज एंजॉय नहीं कर पाएंगे।

बौद्ध धर्म में भी शून्यता की बात कही गई है जो संवेदनशील होने और भावनाओं की अनुभूति के लिए जरूरी है। अगर आप खुद को खुश रखना चाहते हैं तो इस रिक्तता या शून्यता को रिचार्ज और रिजूवनेशन के लिए इस्तेमाल करें।

मुश्किल नहीं है जिंदगी को आसान बनाना

अक्सर हम अपनी जिंदगी को आसान बनाने के लिए तरह तरह के प्रयास करते हैं। लेकिन सही दिशा में प्रयास न होने की वजह से जिंदगी आसान होने की वजह मुश्किल होती चली जाती है। अगर कुछ छोटी–छोटी बातों का ध्यान रखा जाए तो जिंदगी को आसान बनाना मुश्किल काम नहीं है।

अच्छी चीजें ढूंढें– अपने दिमाग को शुरू से ही हर चीज में अच्छाई ढूंढने के लिए प्रेरित करें। सकारात्मक दृश्टिकोण अपनाना आपके हाथ में है। आपकी जिंदगी में खुशहाली आपके विचारों की गुणवत्ता पर निर्भर करती है इसलिए चेहरे पर मुस्कान रखें और आत्मविश्वास से लबरेज रहे।

बेवजह ना उलझें– जब तक जरूरी ना हो और आपका कोई काम ना बिगड़ रहा हो तब तक किसी से उसके अपरिपक्व विचारों के लिए उलझे नहीं।किसी ने बहुत अच्छी बात कही है कि काबिल लोग न तो किसी से डरते हैं और ना ही किसी को दबाते हैं। जवाब देना तो उन्हें भी खूब आता है पर कीचड़ में पत्थर मारना वे पसंद नहीं करते।

अनावश्यक चिंता ना करें– माना कि भविष्य को सुरक्षित करना और आगे की जिंदगी के लिए प्लानिंग करना भी जरूरी है।लेकिन हर वक्त अतीत या भविष्य की न सोचें ,बल्कि वर्तमान में जीने की आदत डालें। क्योंकि अधिक दूर देखने की चाहत में बहुत कुछ पास से गुजर जाता है।वैसे भी कल के लिए सबसे अच्छी तैयारी यही है कि आज अच्छा हो। इस सम्बन्ध में किसी ने क्या खूब कहा है कि कागज की कश्ती पर सवार हैं हम, फिर भी कल के लिए परेशान हैं हम।

अच्छी संगत करें– हमेशा अच्छे लोगों के साथ उठने बैठने की आदत डालें। उनके विचार, व्यवहार और काम करने का तरीका आपको हमेशा फायदा पहुंचाएगा और धीरे–धीरे सफलता की राह पर अग्रसर करेगा।अच्छे लोगों से आपको पॉजिटिव सोच मिलती है और मुसीबत

में धैर्य रखने की कला सीखने का मौका मिलता है।ये लोग मुश्किल वक्त में भी मन शांत रखकर आगे बढ़ना जानते हैं।

क्रोध और ईर्ष्या से दूर रहें– जिंदगी को आसान बनाने के लिए ईर्ष्या और क्रोध इन दो चीजों से बचना सबसे ज्यादा जरूरी है। ये चीजें आपको ही हर तरह से नुकसान पहुंचाती हैं। पहला, इनके कारण एक तो आपका मन शांत रहता है। दूसरा, आपकी सामाजिक छवि खराब होती है और लोग आप से कतराते हैं। तीसरा, अस्वस्थ आप स्वस्थ रहने लगते हैं क्योंकि यह कई बीमारियों का सबब बन सकती है और चौथा, आपका आर्थिक नुकसान होता है। गौतम बुद्ध ने कहा है कि आप अपने क्रोध के लिए दंडित किए जाएं या न किए जाएं लेकिन आप अपने क्रोध के द्वारा जरूर दंडित किए जाएंगे। इसी प्रकार ईर्ष्या सिर्फ आपको जलाती है दूसरे का कोई नुकसान नहीं करती।

शांत और संतुष्ट रहें– महापुरुषों और विद्वानों ने कहा है कि शांति के समान कोई तप नहीं है और संतोष से श्रेष्ठ कोई सुख नहीं है। इसीलिए जिंदगी को आसान रखना है तो इन दोनों चीजों को अपने व्यक्तित्व का अभिन्न अंग बना ले। दिमाग की शांति खुद को दिया जाने वाला सबसे अच्छा उपहार है। इसके लिए हमें सबसे पहले दूसरों से कुछ पाने की उम्मीद छोड़नी होगी।

समस्याओं से न घबराएं– समस्याओं को मैदान छोड़ देने के बहाने के रूप में नहीं बल्कि खुद को इंप्रूव करने की चुनौती के रूप में लेना चाहिए। कहा भी गया है कि जीवन में समस्याएं तो हर दिन खड़ी हैं, जीत वो जाते हैं जिनकी सोच बड़ी है। इसलिए समस्याओं को समझें और उनसे मुकाबला करें।

व्यवहार मधुर रखें– व्यवहार ज्ञान से ज्यादा जरूरी है। कई जगह आपका ज्ञान काम नहीं आता तो वहां आपका व्यवहार काम आता है। जाहिर है लोगों के साथ आप अच्छा व्यवहार करेंगे और अच्छे संपर्क रखेंगे तो मुश्किल घड़ी में आपकी मदद के लिए मजबूत सपोर्ट सिस्टम तैयार हो जाएगा जिससे आपकी जिंदगी आसान हो जाएगी।

मुस्कुराइए : जिंदगी खुशनुमा हो जाएगी

दुनिया भर के विद्वानों और महापुरुषों ने समय–समय पर मुस्कुराहट की महिमा का बखान किया है। हर रोज सुबह उठकर आईने में देखते हुए मुस्कुराने की आदत डालें, आपका दिन खुशगवार गुजरेगा।

स्ट्रेस होगा कम– कई शोधों में प्रमाणित हो चुका है कि मुस्कुराने से स्ट्रेस कम होता है, उम्र कम दिखती है, तमाम बीमारियों का कुप्रभाव कम होता है और आप दीर्घायु होते हैं। बड़ी–बड़ी कंपनियां, स्कूल और अन्य संस्थान इन दिनों अपने ग्राहकों, कर्मचारियों और छात्रों को मुस्कुराने के लिए प्रेरित कर रहे हैं। हाल ही चीन में फूडचेन केएफसी ने अपने ग्राहकों को एक बार की खरीदारी के भुगतान के रूप में सिर्फ मुस्कुराने को कहा। जापान में स्माइलिंग स्कूल बच्चों को मुस्कुराने की ट्रेनिंग दे रहे हैं। समाजशास्त्रियों का मानना है कि इन दिनों हम बहुत कम मुस्कुराने लगे हैं। जबकि मुस्कुराने से शरीर में स्फूर्ति और ऊर्जा का संचार होता है। कुछ समय पहले 'यूनिवर्सिटी ऑफ कंसास' के अनुसंधानकर्ताओं ने पाया कि मुस्कुराने से हमारा शरीर किसी भी स्ट्रेस के प्रति कम प्रतिक्रिया देता है और मुश्किल घड़ियों में हार्ट रेट दुरुस्त रखता है।

जीवन पर पोजिटिव प्रभाव– एक अन्य अध्ययन में पाया गया कि मुस्कुराने से बीपी सही रहता है और आयु लंबी होती है। 'दी एस्टोनिशिंग पावर्स ऑफ अ सिंपल एक्ट' की लेखिका रौन गटमैन कहती हैं, 'एक सच्ची मुस्कान आपके ब्रेन में ठीक वैसा ही स्टिमुलेशन उत्पन्न कर सकती है, जैसा 2000 चॉकलेट खाने पर होता है।' स्माइल कोच फ्रैंक मेलिंडर का कहना है, 'स्माइल एक्सरसाइज आपके जीवन पर सकारात्मक प्रभाव डालती है और आपको पूरी तरह एक पोजिटिव पर्सनैलिटी में ट्रांसफर सकती है। आपको कई हफ्तों तक इसकी प्रैक्टिस करनी चाहिए ताकि आगे चलकर यह आपके अवचेतन मन में बैठ जाए और आपकी पर्सनैलिटी का हिस्सा बन जाए।

बढ़े आत्मविश्वास, मिले सफलता– 'जर्नल ऑफ पर्सनैलिटी एंड सोशल साइकोलॉजी' में विशेषज्ञों और मनोविज्ञानियों ने एक लेख

लिखा है, 'इफेक्ट्स ऑफ सेल्फ जेनरेटेड फेशियल एक्सप्रेशन्स'। इसमें कहा गया है कि जो लोग दिन में कई बार आदतन मुस्कुराते हैं उनकी छवि एक सफल और आत्मविश्वासी इंसान की बन जाती है। जब आप मुस्कुराते हैं तो कोई अजनबी भी आपसे बातचीत करने को उत्सुक हो जाता है और लोग आपके नजदीक आने से नहीं कतराते। मुस्कुराने वाले लोगों का प्रमोशन होने की संभावनाएं उदास या सपाट चेहरे वाले या गंभीर दिखने वाले लोगों से ज्यादा होती है।

मिलती है खुशी– शोध से पता चला है कि मुस्कुराने से खुशी मिलती है, ना कि खुश रहने वाले ज्यादा मुस्कुराते हैं। सच तो यह है कि अगर आप झूठमूठ भी मुस्कुरा दें तो आपका मूड अच्छा हो सकता है। अक्सर हम सोचते हैं कि किसी अच्छी खबर या पॉजिटिव एक्सपिरियेंस के कारण ही मुस्कुराहट आती है। लेकिन तथ्य यह है कि मुस्कुराहट अपने आप में एक सकारात्मक अनुभव है।

निखरता है व्यक्तित्व– प्रोफेशनल फोटोग्राफर्स का मानना है कि जो लोग फोटो खींचते वक्त मुस्कुराते हैं उनकी तस्वीरें बेहद जीवंत और आकर्षक होती हैं। फोटोग्राफर रोनिका कंधारी का मानना है कि मुस्कुराहट किसी व्यक्ति की सबसे आकर्षक और सर्वोत्तम एसेसरी है, विशेषतः यह आंखों तक पहुंच जाए तो और भी खूबसूरत लगती है। बिहेवियरल साइकोलॉजिस्ट सारा स्टीवेंसन ने कहा है, 'जब भी आप मुस्कुराते हैं, तो आप अपने ब्रेन को फीलगुड पार्टी दे रहे होते हैं।'

इसलिए अगर आप खुशी फैलाना चाहते हैं तो सोशल मीडिया में तस्वीरें वायरल करने के बजाए मुस्कुराहट को वायरल करें।

खास बातें – मुस्कान सबसे ज्यादा आसानी से पहचाना जा सकने वाला फेशियल एक्सप्रेशन है, जिसे कोई व्यक्ति 300 फीट दूर से भी पहचान सकता है।

मुस्कुराने के लिए चेहरे की 5 से 53 मसल्स तक का इस्तेमाल होता है।

चिंपांजी इंसान की तरह मुस्कुरा और हंस सकते हैं। चूहों को गुदगुदी करने पर वे हंसने लगते हैं।

अगर आप किसी को देख कर मुस्कुराते हैं तो 50 फीसदी लोग मुस्कान का जवाब मुस्कान से ही देते हैं।

मुस्कान 19 तरह की होती है। जिन्हें दो बड़ी श्रेणियों में बांटा जा सकता है– सोशल और पर्सनल। सोशल मुस्कान के लिए कम मसल्स का इस्तेमाल किया जाता है जबकि पर्सनल स्माइल के लिए चेहरे के दोनों हिस्से की मसल्स का इस्तेमाल करना पड़ता है।

जिन्दगी जोश से भरी होनी चाहिए

लोग अक्सर शिकायत करते हैं कि जिंदगी में कोई जिंगथिंग नहीं है, जीने का जोश नहीं है और ना ही जिंदगी बचपन जैसी जॉयफुल रही। बात कुछ हद तक सही भी है क्योंकि बचपन में हम मस्तमौला हुए फिरते थे जबकि बड़ा होने पर हम जिम्मेदारियों की गठरी सिर पर लादे फिरते हैं। लेकिन यकीन मानिए की छोटी–छोटी बातों को अपना लें तो आपकी झोली खुशियों से भर सकती है।

खुश होने के लिए रोज ढूंढें एक परफेक्ट मोमेंट–

दुनिया के जाने माने मोटिवेशन राइटर रॉबिन शर्मा ने अपनी पुस्तक 'द ग्रेटनेस गाइड टू' में एक अच्छी सलाह दी है, रोज अपना एक परफेक्ट मोमेंट खुद ढूंढिए। एक घटना का जिक्र करते हुए उन्होंने लिखा है, 'मेरे लिए वह एक परफेक्ट मोमेंट था। लेकिन उस वक्त ना तो हजारों लोग मेरे लिए तालियां बजा रहे थे, न किसी प्रकाशक ने खुशखबरी देने के लिए फोन किया था, न किसी फॉर्च्यून 500 कंपनी ने मुझे कोचिंग इंगेजमेंट या लीडरशिप प्रेजेंटेशन का निमंत्रण दिया था। इसके बावजूद यह पल इन सबसे ज्यादा मजेदार था। पार्किंग लॉट में गाड़ी पार्क करके जैसे ही मैं बाहर निकला, मैंने हवा में अद्‌भुत खुशबू महसूस की। यह खुशबू भीतर तक मेरे मन को छू गई। जब मैंने चारों ओर नजर घुमाई तो देखा कि मैं एक पेड़ के नीचे खड़ा था जिस पर लाल गुलाबी फूल खिले थे। यह खुशबू उन्हीं फूलों से आ रही थी। मैंने आंखें बंद की और गहरी सांस लेते हुए इस खुशबू को अपने भीतर समा लिया। मुझे बेहद अच्छा लगा। मैंने खुश होकर कुदरत का शुक्रिया अदा किया कि मैं जीवित हूँ और इन चीजों को महसूस कर पा रहा हूँ।'

हम सबको ऐसी नेमतों के लिए खुश होना चाहिए। आपको यह खुशी अपने पसंदीदा भोजन से, अपने छोटे–छोटे बच्चों से या अखबार में पसंदीदा आर्टिकल पढ़ने से भी मिल सकती है।

हर वक्त परिणाम की चिंता ना करें–

कई लोग कोई भी काम करते हैं तो दूर की सोचने लगते हैं। काम बाद में शुरू करते हैं और परिणाम की फिक्र पहले करने लगते हैं। जबकि सच्चाई यह है कि परिणाम कभी हमारे हाथ में नहीं होता। हम तो सिर्फ अपना कर्म कर सकते हैं इसलिए परिणाम के बारे में ज्यादा चिंता करने की जरूरत नहीं है।

थोड़ा फ्री टाइम रखें–

कुछ लोग अपने जीवन का पल–पल बांध लेते हैं। इससे वे कभी चौन की सांस नहीं ले पाते। इन्हें हर वक्त अगले पल की चिंता लगी रहती है जिसकी वजह से वह मौजूदा क्षण को भी एंजॉय नहीं कर पाते। उचित यह है कि हर चीज और हर पल पर नियंत्रण करने की बजाय कुछ चीजें वक्त के ऊपर छोड़ दें और अपने मनोरंजन के लिए हर दिन थोड़ा समय जरूर निकालें।

एक बार में एक काम करें–

एक बार में कई काम करने से टेंशन होना स्वभाविक है। इससे आप को दोहरा नुकसान होता है। एक तो कोई भी काम सही तरीके से पूरा नहीं होता और काफी देर भी लग जाती है दूसरा अवांछित तनाव भी होता है। इसलिए एक बार में एक ही काम करें। घर के सदस्यों के साथ खाना खा रहे हों या हंसी मजाक कर रहे हों तो बीच में दफ्तर का काम ना करें और दफ्तर का काम करते वक्त घर के काम दिमाग में ना रखें।

एकरसता से उबरें–

अगर आपकी जिंदगी में एकरसता आ गई है और आप बोर होने लगे हैं तो वक्त है जीवन शैली में बदलाव का। अपनी लाइफ स्टाइल में चेंज लाते हुए फिजूल कामों में वक्त जाया करना बंद कर दें और उस वक्त को अपनी बेहतरी, फिटनेस और हंसने मुस्कुराने में इस्तेमाल करें। ऐसी आदतें विकसित करें जिनसे आपको अच्छी नींद आए, व्यायाम हो, अच्छा पोषण मिले और परिवार के लिए पर्याप्त समय मिले।

संतुलन बना रहे घरबार और कारोबार में

कामयाब, खुशहाल और सेहतमंद जिंदगी हासिल करने के लिए अगर सबसे जरूरी कोई चीज है तो वह है संतुलन। जिंदगी दोपहिया वाहनों जैसी होती है, जिसे सही तरीके से चलाने के लिए पहली और आखिरी जरूरत संतुलन की ही होती है। जैसे खानपान के मामले में स्वाद और सेहत के बीच संतुलन जरूरी है और सुकून व कामयाबी के मामले में घरबार और कारोबार के बीच भी संतुलन उतना ही जरूरी है। संतुलन बना रहे इसके लिए अपनाएं ये छोटे–छोटे बेहद आसान से उपाय –

अपनी मुख्य जरूरतें समझें– सबसे पहले आपको चाहतों और जरूरतों के बीच अंतर करना सीखना होगा। चाहते कभी पूरी नहीं होती लेकिन आप अपनी जरूरतों को अपनी मेहनत और सूझबूझ से पूरा कर सकते हैं। दिन–रात चाहतों के पीछे भागने वाले लोग अक्सर अपनी जिंदगी से असंतुष्ट रहते हैं और ज्यादतर दुखी रहते हैं। इसी वजह से वे अपने घर परिवार और सामाजिक संबंधों को भी खास तवज्जो नहीं देते। नतीजतन इनका वर्क– लाइफ बैलेंस गड़बड़ हो जाता है और यह अपने सामाजिक दायरे में अलोकप्रिय हो जाते हैं। जाहिर है इस स्थिति में सुकून नहीं मिलता। इसलिए चाहतों के पीछे बेतहाशा ना भागें।

अपनी जिंदगी को अहमियत दें– क्या इस दुनिया में आपकी अपनी जिंदगी से भी महत्वपूर्ण कोई दूसरी चीज हो सकती है? कतई नहीं! आपकी जिंदगी न सिर्फ आपके लिए बल्कि आपके नजदीकी परिजनों के लिए भी बेहद कीमती है। इसलिए अपने तन और मन के स्वास्थ्य पर ध्यान दें। प्रोफेशन के साथ–साथ अपनी फिटनेस और मानसिक सुकून के लिए हर रोज सुबह एक घंटा समय देना चाहिए। इसके तहत आपको वर्कआउट, मॉर्निंग वॉक और मेडिटेशन के साथ–साथ अपनी हॉबी को भी समय देना चाहिए। यह चीजें आपको प्रसन्न रखेंगी और स्वस्थ भी रखेंगी, जिससे आप अपने प्रोफेशन और परिवार दोनों चीजों पर सही तरीके से ध्यान दे पाएंगे।

परफेक्शन की चाहत से दूर रहें–

आपको अपना हर काम अच्छी तरह करना चाहिए। लेकिन सनक की हद तक या दूसरों के साथ तुलना के लिए परफेक्ट दिखने में अपना दिन रात एक न कर दें। आजकल लोग सोशल मीडिया यानी फेसबुक और इंस्टाग्राम जैसी साइट्स पर दूसरों की आलीशान जिंदगी, उनकी उपलब्धियों की लंबी चौड़ी कहानियों, आलीशान बंगले गाड़ी और सजावट, देश–विदेश की यात्राओं की तस्वीरें आदि देखकर उनकी होड़ करना चाहते हैं और इस चक्कर में अपनी अच्छी खासी जिंदगी को दुखी और तबाह कर लेते हैं। आपको फैशन, फूड और पैशन अपनी आर्थिक– सामाजिक हैसियत के अनुसार करने चाहिए ना कि दूसरों जैसे।

परिवार को दें समुचित समय–

आपको यह बात कभी नहीं भूलनी चाहिए कि आप जो कुछ हैं अपने परिवार की वजह से हैं और आपके परिवार को आपसे समुचित समय पाने का पूरा हक है। माना कि आप कमाई उनके लिए ही करते हैं लेकिन उन्हें आपसे सिर्फ आर्थिक सपोर्ट नहीं बल्कि मानसिक सपोर्ट भी चाहिए और आपका सान्निध्य भी। बच्चे आपके साथ खेलना कूदना चाहते हैं, जीवनसाथी आपके साथ हंसी– मजाक, प्यार का इजहार और घूमना फिरना चाहता है और माता–पिता आपसे दो घड़ी बातचीत व स्नेह पूर्ण व्यवहार और आपकी अटेंशन चाहते हैं। इन सब से सिर्फ उन्हें ही नहीं आपको भी सुकून मिलेगा। इसलिए अपने परिवार को समुचित समय दें।

वर्क प्लेस पर जुटें तन्मयता के साथ–

किसी भी कारोबार या प्रोफेशन में सफलता हासिल करने के लिए पूर्ण समर्पण और तन्मयता बेहद आवश्यक है। आर्थिक रूप से सुदृढ़ रहने और अपनी आय द्यके लिए आपको अपनी पूरी मानसिक, शारीरिक ऊर्जा का इस्तेमाल करना चाहिए। वर्कप्लेस पर आपको सिर्फ और सिर्फ अपने काम पर ही ध्यान देना चाहिए ताकि आप अपनी जिम्मेदारियां पूरी कर सके और लक्ष्य हासिल कर सकें।

आत्म अवलोकन भी करें–

आप अपनी पर्सनल और प्रोफेशनल लाइफ में सही संतुलन बना पा रहे हैं या नहीं इस बात को जानने के लिए समय–समय पर आत्म

अवलोकन अवश्य करें इससे आप जान सकेंगे कि कहीं आप अपने जीवन की गाड़ी को गलत तरीके से और गलत दिशा में तो नहीं चला रहे। साथ ही तरक्की के लिए छोटे–छोटे बदलाव लगातार करें और पूरी योजना के साथ अपने काम को अंजाम दें।

मन को सहज और शांत रखने का आसान तरीका है क्षमा

कई बार हम किसी को अपनी किसी एक्टिविटी या अपने किसी कमेंट से मानसिक, शारीरिक या आर्थिक ठेस पहुंचा देते हैं लेकिन कुछ समय बाद में इसके लिए पछताते भी हैं। इसी प्रकार कई बार जब कोई दूसरा हमें दुखी कर देता है या नुकसान पहुंचा देता है तो हमें बहुत गुस्सा आता है और हम उससे बदला लेने का निश्चय कर लेते हैं। इन दोनों स्थितियों से उत्पन्न इस आत्मग्लानि या गुस्से और प्रतिशोध की भावना से मुक्ति पाने और उद्विग्न मन को शांत करने का एक सहज सरल रास्ता है– क्षमा। अगर आपने किसी को कष्ट पहुंचाया है, तो क्षमा मांग लीजिए और किसी दूसरे ने आपको कष्ट पहुंचाया है तो स्वतः ही उसे क्षमादान दे दीजिए।

नफरत और प्रतिशोध के नुक्सान– जब हम गुस्से, नफरत, प्रतिशोध और दुख से भरे होते हैं तो हमें ही सबसे ज्यादा नुकसान होता है। ऐसी स्थिति में हम अपने काम के प्रति एकाग्र नहीं हो पाते। मन अशांत होने की वजह से हमारी कार्यक्षमता, बौद्धिक क्षमता और उत्पादकता पर भी विपरीत असर पड़ता है। काम पर ध्यान देने की बजाय हम दिन–रात उस व्यक्ति या परिस्थिति के बारे में सोचते रहते हैं जिसकी वजह से हमें कष्ट हुआ या जिसे हमने कष्ट दिया। ऐसे में हम लगातार गलतियां करते चले जाते हैं, जो ना सिर्फ हमें बल्कि हमारे परिवार के सदस्यों या दूसरे लोगों को भी मानसिक, आर्थिक या शारीरिक नुकसान भी पहुंचा सकती हैं।

सेहत चौपट करे क्रोध– मेडिकल एक्सपर्ट और शोधकर्ताओं ने भी क्षमा मांगने के कई फायदे बताए हैं। उनका मानना है कि हमारे ब्रेन पर इसका पॉजिटिव इफेक्ट होता है। कई शोधों के नतीजे बता चुके हैं कि क्रोध हमारे दिल पर बुरा प्रभाव डालता है और इससे स्ट्रेस की समस्या हो सकती है। ब्रेन स्कैन और कई मेडिकल जांचों में पता चला है कि क्रोध की परिणति कई बार ब्रेन स्ट्रोक के रूप में हो सकती है। गौतम बुद्ध ने भी कहा है कि क्रोध कायम रखना दहकता अंगारा

पकड़ने जैसा है। आप इसे किसी दूसरे पर फेंकने के लिए पकड़ते हैं लेकिन इससे जलते खुद ही हैं। स्वास्थ्य विशेषज्ञ कहते हैं कि क्रोध नसों को संकुचित करता है, ब्लड प्रेशर बढ़ाता है, ह्रदय की गति को अनियमित करता है, गुर्दे और लीवर को हानि पहुंचाता है। जाहिर है कि अगर हम क्षमा करने और क्षमा मांगने की कला सीख लें तो खुद को इतने सारे नुकसान से बचा सकते हैं।

बोझ हल्का करे क्षमा— किसी के किए बुरे व्यवहार को भूल जाना और अपने किये बुरे व्यवहार के लिए क्षमा मांग लेना आपके दिल और दिमाग पर लदे बेवजह के बोझ को काफी हल्का कर देता है। इससे आपकी जिंदगी में आया बोझिल ठहराव दूर हो जाता है और आप अपनी तरक्की की राह पर आगे का सफर तय करने के लिए आसानी से आगे बढ़ सकते हैं। जब आप सच्चे और खुले दिल से किसी से क्षमा मांगते हैं तो उसका दिल मोम की तरह पिघल जाता है और वह आपका मुरीद बन जाता है। भले ही तत्काल कोई प्रतिक्रिया ना दें लेकिन आगे चलकर वह आपको इसका प्रतिसाद अवश्य देता है।

शांति, प्यार बढ़ाए क्षमा— अगर हम किसी व्यक्ति को उसकी नेगेटिविटी के लिए क्षमा कर देते हैं तो उसकी निगेटीविटी वहीं खत्म हो जाती है क्योंकि उसका रिएक्शन ना देने पर वह फिर से एक रिएक्शन तैयार नहीं करेगा। इस प्रकार यह सिलसिला वही थम जाता है। इमाम और वैज्ञानिक हजरत अली रजी ने कहा है कि क्षमा कर देना शत्रु पर विजय प्राप्त कर लेना है। रोमन कवि जुवेनाल ने कहा है कि प्रतिशोध छोटे दिमाग वालों का कमजोर मनोरंजन है। लेखक शिक्षाविद और उपदेशक चक स्विनडौल ने कहा है कि क्षमा जीवन के पाठ्यक्रम में वैकल्पिक विषय नहीं है। यह तो एक अनिवार्य विषय है और इसकी परीक्षा में उत्तीर्ण होना हमेशा मुश्किल होता है। क्षमा करना कोई आसान काम नहीं है न ही कमजोरी है। महात्मा गांधी ने कहा है कि कमजोर कभी क्षमा नहीं कर सकते।क्षमा तो शक्तिशाली का गुण है। प्यार और क्षमा हमें दूसरों का प्यार जीतने में मदद करते हैं और दुनिया में शांति का माहौल बनाते हैं। जैन धर्म में कहा गया है, क्षमा वीरस्य भूषणम् यानी क्षमा वीरों का आभूषण है। जैन धर्म में क्षमापना दिवस एक महान धार्मिक पर्व है। इसमें सच्चे ह्रदय से इस महापर्व के दिन क्षमा याचना की जाती है।